EL JUEGO DE LA CIENCIA

Ciencia divertida

Selección de los mejores experimentos
del **Ontario Science Centre**

ONIRO

Colección dirigida por Carlo Frabetti

Título original: *The Jumbo Book of Science* (selección páginas: 1-5, 80-95, 114-139 y 166-187)
Publicado en inglés por Kids Can Press Ltd., Toronto, Ontario, Canada

Traducción de Joan Carles Guix

Diseño de cubierta: Valerio Viano

Ilustración de cubierta: Tina Holdcroft

Ilustraciones del interior:
Pat Cupples: pp. 8-9, 24-27, 30-39, 46-49, 50-71
Linda Hendry: pp. 10-11, 14-17, 19-23, 40-41
Tina Holdcroft: pp. 12-13, 18, 28-29, 42-45

Distribución exclusiva:
Ediciones Paidós Ibérica, S.A.
Mariano Cubí 92 – 08021 Barcelona – España
Editorial Paidós, S.A.I.C.F.
Defensa 599 – 1065 Buenos Aires – Argentina
Editorial Paidós Mexicana, S.A.
Rubén Darío 118, col. Moderna – 03510 México D.F. – México

Text copyright © 1994 by The Centennial Centre of Science and Technology
Illustrations copyright © 1994 Pat Cupples, Linda Hendry and Tina Holdcroft
Published by permission of Kids Can Press Ltd., Toronto, Ontario, Canada

© 2003 exclusivo de todas las ediciones en lengua española:
Ediciones Oniro, S.A.
Muntaner 261, 3.º 2.ª – 08021 Barcelona – España
(oniro@edicionesoniro.com – www.edicionesoniro.com)

ISBN: 84-9754-090-5
Depósito legal: B-33.142-2003

Impreso en Hurope, S.L.
Lima, 3 bis – 08030 Barcelona

Impreso en España – *Printed in Spain*

ÍNDICE

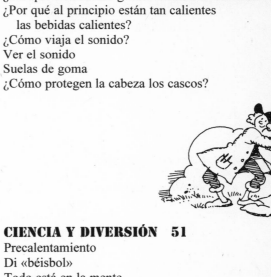

AGRADECIMIENTOS

Los libros del Centro de Ciencia de Ontario no hubieran podido hacerse realidad sin los conocimientos, las ideas, la paciencia y el compromiso de numerosas personas, entre las cuales figuran las siguientes: Judy Arrowood, Jamie Bell, Randy Betts, Peter Birnbaum, Julie Bowen, Lorraine Brown, Allan Busch, Bruce Crabe, Luigia Dedivitiis, Marici Dillon, Debra Feldman, Elisabeth Frecaut, Jeffrey Golde, Eric Grace, Daryl Gray, Becky Hall, Valerie Hatten, Kim Humphreys, Judy Janzen, Thom Jenkins, Jerry Krause, Martin Leek, Jennifer Martin, Hooley McLaughlin, Ron Miller, Jennifer Murray, OSC Host Group, Linda Pacheco, Gary Pattenden, Gary Renaud, Bill Robinson, Ivan Semeniuk, Grant Slinn, David Spence, Cathie Spencer, David Steeper, David Sugarman, Earl Sweeney, Chris Szweda, Paul Terry, Patrick Tevlin, Roberta Tevlin, Vic Tyrer, Tony Vander Voet, George Vanderkuur, Kevin Von Appen, Carol White y todo el personal del Centro de Ciencia de Ontario, cada uno de los cuales, a su manera, ha hecho posible estos libros.

LA CIENCIA QUE CRECE EN TI

LA VIDA SECRETA DE LAS SEMILLAS

Q UÉ TIENEN en común los guisantes, el arroz, los cacahuetes, el maíz, las judías, el trigo y las nueces? Además del hecho de que te los comes, todos ellos son semillas.

Las semillas son algo más que una forma en la que crecen los alimentos: ¡en realidad, muchas de ellas son alimentos propiamente dichos! Algunas, por ejemplo, se utilizan para condimentar la comida, como el anís, la alcaravea, el cilantro, el eneldo, la pimienta y las semillas del apio, mientras que otras, como el maíz y los cacahuetes, se prensan para elaborar aceite, y otras, en fin, constituyen unos deliciosos tentempiés cuando se tuestan, como en el caso de las semillas de girasol y de calabaza.

Aunque no tienen patas para desplazarse, carecen de la inteligencia de ciertos animales y no pueden luchar contra los depredadores, las semillas poseen talentos que pocos podrían imaginar.

La mayoría de ellas, exceptuando unas cuantas, que destacan por su impaciencia, son capaces de esperar hasta el momento preciso antes de germinar o empezar a crecer, lo cual puede representar un período de uno, diez e incluso ochenta y cinco años. ¡Algunas semillas que se encontraron después de varios milenios en las tumbas de los faraones o reyes egipcios aún fueron capaces de germinar!

Este talento les permite esperar hasta que todas las condiciones, absolutamente todas, son como deben de ser –agua, temperatura, luz, oxígeno– antes de dar el gran paso y de que aflore el tallo.

Los factores desencadenantes de la germinación son innumerables. La mayoría de las semillas lo hacen tras un período de letargo o inactividad. El crecimiento de algunas de ellas está impulsado por la luz, mientras que otras sólo crecen después de una determinada cantidad de lluvia, lo cual resulta muy útil en las áreas desérticas. Dado que las plantas necesitan agua para sobrevivir, germinar después de un buen chaparrón les permite por lo menos empezar con buen pie.

Algunas semillas, como las de determinadas plantas acuáticas, se mantienen aletargadas hasta que la congelación y el deshielo quiebran su revestimiento exterior o se lo lleva el agua, y otras, como cierta conífera norteamericana, sólo germinan tras haber estado expuestas a un calor extremo. De ahí que sean las primeras en brotar después de un incendio forestal, devolviendo la vida al bosque.

Existen muchísimas semillas que sólo crecen tras una exposición al frío, lo cual evita que la planta germine en verano u otoño, cuando no dispondrían de una estación lo bastante larga como para crecer.

Sin patas, las semillas tienen que recurrir al ingenio para ir de un lado a otro. Los animales y las aves, a menudo sin saberlo, contribuyen a esparcirlas. Así, por ejemplo, cuando las ardillas almacenan nueces, en ocasiones olvidan dónde las enterraron, dejando un rastro de árboles y plantas que atestiguan su lapsus de memoria, y cuando los pájaros comen bayas, no pueden digerir las semillas y las excretan después de haber volado lejos de la planta original.

Recoger semillas

He aquí una forma muy sencilla de recoger semillas. Ponte un par de calcetines de lana sobre los zapatos y camina por el bosque o por un terreno desocupado. Las semillas autoestopistas se pegarán a ti al igual que lo hacen al pelaje de un animal. Luego, puedes extraerlas con unas pinzas y estudiarlas.

Algunas semillas son «autoestopistas». En efecto, disponen de pequeños ganchos o barbas para adherirse a cualquier animal, incluido tú, que pase por su lado, viajando hasta otras regiones.

Las semillas «paracaidistas», tales como los dientes de león, y las «aladas», como las del arce, son tan ligeras que el viento las lleva fácilmente de un lugar a otro.

Por último, las semillas «explosivas» habitan en vainas que estallan bruscamente y salen disparadas.

Banco de semillas

No, no vas a encontrar cajeros en un banco de semillas, sino precisamente semillas de miles de plantas diferentes almacenadas en estantes a una temperatura controlada.

¿Por qué se «ingresan» en un banco? Muchos países almacenan semillas en bancos por si sobreviene alguna plaga agrícola o cualquier otro desastre que erradique o amenace determinadas plantas. Asimismo, se conservan por si se diera el caso de que alguien deseara utilizar una antigua variedad de alguna especie que ya no crece ni se cultiva.

Como es natural, las semillas no se pueden almacenar permanentemente. Cuando empiezan a envejecer se plantan para que produzcan nuevas semillas y guardarlas.

¿EN QUÉ DIRECCIÓN CRECEN LAS PLANTAS?

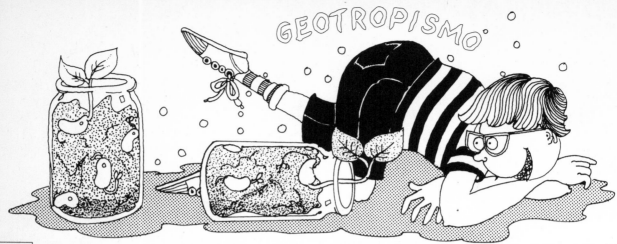

GEOTROPISMO

ES IMPORTANTE la forma en que plantas una semilla? Después de todo, de lo que se trata es de que el tallo de la planta crezca hacia arriba y que las raíces lo hagan hacia abajo. ¿Sabrá en qué dirección debe crecer si colocas la semilla del revés? Lo puedes averiguar construyendo un par de jardines de cristal.

Material necesario

10 judías secas (de cualquier clase, ya sean del supermercado o de un paquete de semillas)

2 tarros de cristal de boca ancha

un trozo de papel secante lo bastante grande como para forrar el interior de los dos tarros

servilletas de papel

1. Pon las judías en remojo durante toda la noche.
2. Recorta el papel secante para que se ajuste perfectamente a la cara interior de cada tarro.
3. Introduce unas cuantas servilletas de papel arrugadas en el fondo de los tarros y luego llénalos de agua, dejando que el papel se empape hasta que quede saturado y no absorba más agua. Tira el agua sobrante.
4. Introduce cinco judías remojadas entre el papel secante y el cristal de cada tarro, espaciándolas uniformemente y procurando que estén cerca de la boca de los tarros. Colócalas en diferentes posiciones (horizontal, vertical y diagonal).
5. Pon los tarros donde puedas observarlos durante varios días, pero a resguardo de la luz solar directa. El papel secante debe mantenerse húmedo para que las semillas puedan crecer. Así pues, echa agua en las servilletas de papel con regularidad. En el transcurso de los días siguientes, verás cómo germinan las semillas. Por un extremo aparecerán las raíces, y por el otro, el tallo, pero independientemente de cómo las hayas colocado, las raíces siempre se orientarán hacia abajo y el tallo hará lo propio hacia arriba. En menos de una semana, asomarán unas pequeñas hojitas verdes.
6. Cuando los brotes sobresalgan un par de centímetros de la boca de los tarros, coloca uno de ellos en posición horizontal. ¡A los pocos días comprobarás que los tallos vuelven a crecer hacia arriba y que las raíces se han curvado para seguir creciendo hacia abajo!

Procedimiento

Las plantas tienen unas hormonas del crecimiento que responden al impulso gravitatorio de la Tierra y que hacen que las raíces se desarrollen hacia abajo y los tallos hacia arriba. Esta respuesta se conoce como geotropismo (del griego «girando con arreglo a la Tierra»). De ahí que no tengas que preocuparte de la orientación de las semillas al sembrarlas.

EL MISTERIO DEL AGUA QUE SUBE POR EL TRONCO DE LOS ÁRBOLES

L A PRÓXIMA vez que te tumbes a la sombra de un árbol, hazte la siguiente pregunta: ¿cómo se las ingenia el agua para subir por el árbol desde sus raíces hasta la copa? Este experimento te ayudará a desvelar el misterio.

Material necesario
1 vaso medio lleno de agua
colorante alimentario azul o rojo
tallo de apio con algunas hojas

1. Vierte una cucharadita de colorante alimentario en el agua.
2. Corta el tallo de apio a unos 2 cm de la base para dejar a la vista un extremo fresco del mismo y poder sostenerlo en el agua en posición vertical.
3. Deja el apio en el agua durante una o dos horas y observarás que el tinte colorea poco a poco las hojas.
4. Cuando el color se haya extendido hasta la punta de las hojas, retira el apio del agua y corta otro trozo de la base. Verás una hilera de diminutos círculos coloreados; son los extremos de unos finos conductos que discurren a lo largo del tallo. El agua teñida ha viajado a través de dichos conductos. Los árboles también tienen unos conductos similares que discurren por el tronco.

Procedimiento
La causa de que el agua ascienda por los árboles sigue siendo, hasta cierto punto, un enigma. Pero los científicos creen que todo depende de las propiedades especiales del agua y del hecho que los conductos sean porosos y muy finos. A medida que van penetrando en las hojas, el calor del sol evapora las moléculas de agua de su sección superior. Dado que el agua tiende a «trepar» ligeramente por las paredes de determinadas sustancias, tales como el cristal de un vaso, por ejemplo, las moléculas siguientes ascienden y ocupan el lugar de las que se han evaporado. Las moléculas de agua se mantienen siempre estrechamente unidas, y cuando tienen que pasar por conductos muy finos, se agrupan aún más si cabe y lo hacen con la fuerza suficiente como para tirar de todas las moléculas siguientes. Así pues, cuando las moléculas de la parte superior de la planta ascienden, toda la cadena se desplaza tronco arriba. No obstante, esto sólo funciona cuando los conductos están llenos de líquido. Ésta es la razón por la que los árboles y otras plantas tienen conductos llenos de líquido desde los primeros días de su germinación.

ELABORACIÓN DE TIERRA FÉRTIL

TAL VEZ creas que la suciedad que eliminas al lavarte las manos es la misma que necesitan las plantas para vivir. En realidad, estás en lo cierto, aunque sólo en parte.

A decir verdad, la suciedad, o tierra infértil, es prácticamente inútil para una planta. Al fin y al cabo, no es más que rocas y minerales finamente pulverizados. Lo que realmente necesitan las plantas es *tierra fértil*, es decir, suciedad con carácter.

Para elaborarla se mezcla tierra infértil con plantas y animales (materia orgánica) en descomposición, aire y agua. La materia orgánica proporciona a las plantas el 10% de su nutrición. El resto procede de la atmósfera.

¿A quién le importa la diferencia entre «suciedad» y tierra fértil? ¡A las plantas! La mayoría de ellas son incapaces de sobrevivir en un medio en el que abunda la arena gruesa, la grava o la piedra, pues carecen de los nutrientes y el agua necesarios para la vida. Sin embargo, la tierra fértil contiene una gran cantidad de arcilla que los retiene. ¡Es entonces cuando pueden crecer como las judías mágicas de Jack en el famoso cuento!

¿Qué contienen más los abonos que sea necesario para las plantas? Si pudieras excavar una hectárea de una típica tierra de cultivo hasta una profundidad de 15 cm, encontrarías lo siguiente:

- 1-2 toneladas de hongos (organismos que viven en la materia muerta).

- 1-2 toneladas de bacterias (criaturas unicelulares).
- 90 kg de animales unicelulares llamados protozoos.
- 45 kg de diminutas plantas acuáticas llamadas algas.
- 45 kg de levadura, es decir, plantas/animales microscópicos.

Todo ello contribuye a descomponer la materia orgánica y a transformarla en tierra fértil para que las plantas puedan extraer los nutrientes vitales.

¿Qué espesor tiene la capa de tierra fértil de la Tierra? Piensa en el mundo como si fuera un tomate. Su piel, comparada con su tamaño, es mucho más gruesa que el estrato fértil que recubre el planeta en relación con su tamaño.

Así pues, parece como si la capa de tierra fértil fuese bastante fina, y en realidad lo es. Y a causa precisamente de su escaso espesor, su pérdida, o «erosión», constituye uno de los problemas más importantes del mundo. Se calcula que cada año se pierden 75.000 millones de toneladas de tierra fértil, o lo que es lo mismo, alrededor del 1% de la totalidad.

Cuando la tierra fértil rica en nutrientes desaparece barrida por el viento o por las lluvias torrenciales, acaba en el océano, donde permanece para siempre. El desgaste natural de las rocas y la acumulación de nutrientes puede tardar entre 100 y 2.500 años en recomponer un estrato de tierra abonada de 2,5 cm de espesor, mientras que apenas se tardan 10 años en perderlo. Si se pierde demasiado, todo lo que queda es un desierto.

La erosión se puede controlar cuidando la tierra fértil. Las plantas contribuyen a anclarla y a mantenerla en su sitio. En efecto, sus raíces contribuyen a que permanezca adherida al suelo, evitando que el viento y la lluvia puedan barrerla. Con un poco de cuidado a la hora de sembrar e impidiendo a toda costa la tala forestal o el drenaje de los pantanos se pueden reducir los perniciosos efectos de la erosión.

Un trabajo sucio

En la naturaleza, la tierra fértil tarda centenares de años en completar su proceso de formación, pero tú puedes hacerlo en cuestión de minutos. ¿El truco? Tienes un martillo; la naturaleza no.

Material necesario

estopilla o vieja servilleta de algodón
piedras muy pequeñas (la caliza y la arenisca son las mejores)
   o un ladrillo (no asfáltico, ya que contiene derivados
   del petróleo y no funcionaría en este experimento)
martillo
musgo de turba (lo encontrarás en los centros de jardinería)
residuos vegetales (pedacitos de fruta, de verduras, hojas,
   poso del café, etc.)
cáscaras de huevo trituradas
agua

1. Envuelve las piedrecillas en la estopilla o servilleta.
2. Machácalas repetidamente con el martillo hasta reducirlas a pedacitos minúsculos del tamaño aproximado de un granito de azúcar. Esta tarea te llevará entre cinco y diez minutos.
3. Una vez pulverizadas las piedras, añádeles una cantidad igual de musgo de turba o la mitad de arena y la mitad de musgo. El musgo acondiciona el suelo y contribuye a retener el agua.
4. Añade los residuos de plantas y las cáscaras de huevo.
5. Añade un poco de agua y mézclalo todo.

¿Se trata realmente de tierra fértil? Para averiguarlo, veamos si una planta puede crecer en ella. Pon la mezcla en un tarro de cristal y planta una judía. Coloca el tarro en un lugar soleado y mantén la tierra húmeda. ¿Crece?

UN JARDÍN INMACULADO

Cómo podríamos disfrutar de un jardín evitando toda la suciedad que acarrea el trasiego de la tierra? Muy fácil, con la hidropónica. Su propio nombre te revelará de qué se trata. Este término procede del griego *hydro*, agua, y *ponos*, trabajo, es decir, dejar que el agua haga el trabajo de la tierra..., con tu ayuda, naturalmente.

Construcción de un jardín hidropónico

Material necesario
tarro de cristal o jarra de boca ancha
maceta de plástico, vaso de poliestireno u otro recipiente
  que pueda descansar en el interior de la boca del tarro
  sin caer al fondo del mismo
trozo de cuerda de algodón lo bastante larga para llegar
  hasta el fondo del tarro y hacia arriba, como se puede
  observar en la ilustración, hasta el interior de la maceta
semillas (los rábanos, las lechugas, las espinacas,
  los guisantes y las judías verdes son las que dan
  mejores resultados)
vermiculita (granito que ha sido expandido bajo presión.
  Lo encontrarás en los centros de jardinería)
nutriente para plantas (se llama fertilizante hidropónico
  y también se vende en los centros de jardinería)

1. Deshilacha los dos cabos de la cuerda. Ésta será tu «mecha».
2. Pasa la cuerda por el orificio de la base de la maceta de manera que sobresalga alrededor de ⅔ de la misma, y el resto cuelgue hacia abajo. Sujeta la cuerda mientras llenas la maceta de vermiculita.
3. Elabora el nutriente para plantas mezclando el fertilizante hidropónico. Consulta las instrucciones del paquete para saber qué cantidad de agua debes añadir.
4. Vierte en el tarro el nutriente suficiente para que cuando coloques la maceta en la boca del mismo, el líquido no toque su base.

5. Pon la maceta en el tarro, dejando colgar la mecha en la solución nutriente.
6. Planta las semillas en la vermiculita, ¡pero no lo hagas a demasiada profundidad! Dependiendo de la planta que hayas elegido y del tamaño de la maceta, puedes sembrar dos o tres semillas, procurando que estén situadas a 7-8 cm la una de la otra. Siempre es una buena idea poner dos semillas en cada maceta para tener la seguridad de que por lo menos una germinará.
7. Coloca tu jardín en una ventana muy soleada, comprobando que siempre haya la cantidad suficiente de solución nutriente en el tarro para que la mecha esté húmeda. El agua sola no funciona; las plantas se marchitarían sin los nutrientes del fertilizante.

Y ahora, ¡observa cómo crecen! Aunque no hayas usado tierra, las semillas deberían germinar en dos o tres semanas. Si están demasiado apiñadas, arranca alguna planta para que medie una distancia de 5 a 7 cm entre las restantes. ¡No tardarás en comer los productos de tu propio huerto!

Procedimiento
La tierra proporciona *sujeción* a las plantas y *alimento* para que se desarrollen. En este caso, has utilizado vermiculita para sujetar las plantas y fertilizante en lugar del alimento que obtienen normalmente de las plantas y animales en descomposición.

La mecha, con sus extremos deshilachados, crean una especie de autopista para que la comida y el agua viajen hacia arriba hasta las raíces de la planta. Todo ello, además de mucho sol, genera un entorno ideal para tus plantas.

La hidropónica hoy y siempre

La hidropónica no es una idea nueva, sino que en realidad ya se utilizó en los Jardines Colgantes de Babilonia hace miles de años. Asimismo, los aztecas y los chinos también la usaban.

Hoy en día, innumerables invernaderos hidropónicos cultivan verduras todo el año en áreas en las que los cambios estacionales impiden su crecimiento en la tierra. A menudo, los restaurantes sirven vegetales cultivados hidropónicamente, en especial la lechuga, que no sólo está disponible localmente y fresca todo el tiempo, sino que también está limpia, ya que la vermiculita no se adhiere a las plantas como la tierra. Por otro lado, al crecer en un entorno controlado, están libres de insectos y pesticidas.

¡El único problema de la jardinería hidropónica es que no puede darte una buena excusa para ensuciarte las manos!

UN JARDÍN INSÓLITO

S I DEJARAS un par de calcetines en el jardín este verano y te olvidaras de ellos, ¿qué esperarías encontrar en primavera cuando fueras a buscarlos? Dependería del material con el que están fabricados... ¡y de si tu perro los ha encontrado antes que tú! Para que te hagas una idea, puedes construir un jardín invertido, y digo invertido porque la mayoría de la gente cultiva jardines para ver crecer las plantas, mientras que en este caso lo harás para ver cómo se descomponen las cosas.

Material necesario

media vieja de nylon
paño de algodón (calcetín viejo o servilleta,
    pero asegurándote de que sea 100% algodón)
un trozo de papel
un poco de plástico para embalar
un poco de lana
un vaso de poliestireno o plástico
un trozo de papel de aluminio
hueso de manzana

1. Excava un hoyo de 12 cm para cada objeto que vayas a «sembrar».
2. Echa el agua suficiente en los hoyos para que la tierra quede completamente empapada. Luego, coloca un objeto en cada hoyo y cúbrelo de tierra. Coloca un indicador para poder encontrar los objetos.

3. Deja los objetos en el jardín durante treinta días y riégalos a diario. Transcurrido este período, extrae de nuevo los objetos. ¿Hasta qué punto han cambiado?

¿Qué ha ocurrido?

Algunas de las cosas que «sembraste» han empezado a desintegrarse. Son biodegradables, es decir, que los organismos naturales pueden descomponerlos. ¿Y los objetos que no se han desintegrado? ¿Adviertes alguna similitud entre ellos?

De acampada

La próxima vez que salgas de camping, piensa en tu jardín invertido antes de tirar algo. Estas dos listas muestran qué cosas son biodegradables y cuáles no. Antes de abandonar la zona de camping deberías enterrar todo lo biodegradable para acelerar su desintegración, y llevarte a casa los residuos no biodegradables.

Entierra	*Llévate a casa*
comida	plástico de embalar
papel (también lo puedes quemar)	vasos o bandejas de poliestireno o plástico
	papel de aluminio
	botellas de plástico
	latas

EL JUEGO DEL TRIGO

SER GRANJERO debe de ser uno de los trabajos más extraordinarios del mundo! Todo el día al aire libre, montado en tu tractor y con un atuendo cómodo. Cultivas tus propios alimentos, de manera que no tienes que preocuparte de ir al supermercado. Por lo demás, cultivar alimentos es muy fácil... Todo lo que tienes que hacer es sembrar una semilla y ver cómo crece, ¿verdad? Pues no exactamente.

Para que te familiarices mejor con el verdadero significado de la agricultura, participa en el Juego del Trigo de la página siguiente.

El trigo es el cereal más cosechado del mundo. Una séptima parte de todas las tierras de cultivo de nuestro planeta se utilizan para cultivar trigo, y en cada momento del año, alguien en algún lugar está cosechando trigo, mientras que otro lo está sembrando.

Ahora tienes la oportunidad de saber lo que es realmente la agricultura sin ni siquiera ensuciarte y sin que te salgan ampollas.

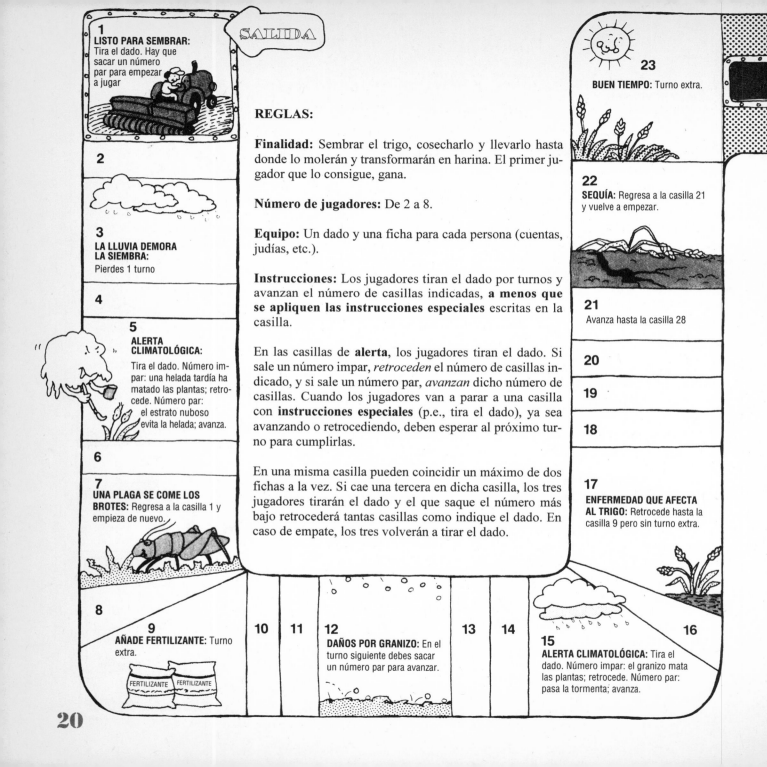

1
LISTO PARA SEMBRAR: Tira el dado. Hay que sacar un número par para empezar a jugar

SALIDA

2

3
LA LLUVIA DEMORA LA SIEMBRA: Pierdes 1 turno

4

5
ALERTA CLIMATOLÓGICA: Tira el dado. Número impar: una helada tardía ha matado las plantas; retrocede. Número par: el estrato nuboso evita la helada; avanza.

6

7
UNA PLAGA SE COME LOS BROTES: Regresa a la casilla 1 y empieza de nuevo.

8

9
AÑADE FERTILIZANTE: Turno extra.

FERTILIZANTE   FERTILIZANTE

10

11

12
DAÑOS POR GRANIZO: En el turno siguiente debes sacar un número par para avanzar.

13

14

15
ALERTA CLIMATOLÓGICA: Tira el dado. Número impar: el granizo mata las plantas; retrocede. Número par: pasa la tormenta; avanza.

16

17
ENFERMEDAD QUE AFECTA AL TRIGO: Retrocede hasta la casilla 9 pero sin turno extra.

18

19

20

21
Avanza hasta la casilla 28

22
SEQUÍA: Regresa a la casilla 21 y vuelve a empezar.

23
BUEN TIEMPO: Turno extra.

REGLAS:

Finalidad: Sembrar el trigo, cosecharlo y llevarlo hasta donde lo molerán y transformarán en harina. El primer jugador que lo consigue, gana.

Número de jugadores: De 2 a 8.

Equipo: Un dado y una ficha para cada persona (cuentas, judías, etc.).

Instrucciones: Los jugadores tiran el dado por turnos y avanzan el número de casillas indicadas, **a menos que se apliquen las instrucciones especiales** escritas en la casilla.

En las casillas de **alerta**, los jugadores tiran el dado. Si sale un número impar, *retroceden* el número de casillas indicado, y si sale un número par, *avanzan* dicho número de casillas. Cuando los jugadores van a parar a una casilla con **instrucciones especiales** (p.e., tira el dado), ya sea avanzando o retrocediendo, deben esperar al próximo turno para cumplirlas.

En una misma casilla pueden coincidir un máximo de dos fichas a la vez. Si cae una tercera en dicha casilla, los tres jugadores tirarán el dado y el que saque el número más bajo retrocederá tantas casillas como indique el dado. En caso de empate, los tres volverán a tirar el dado.

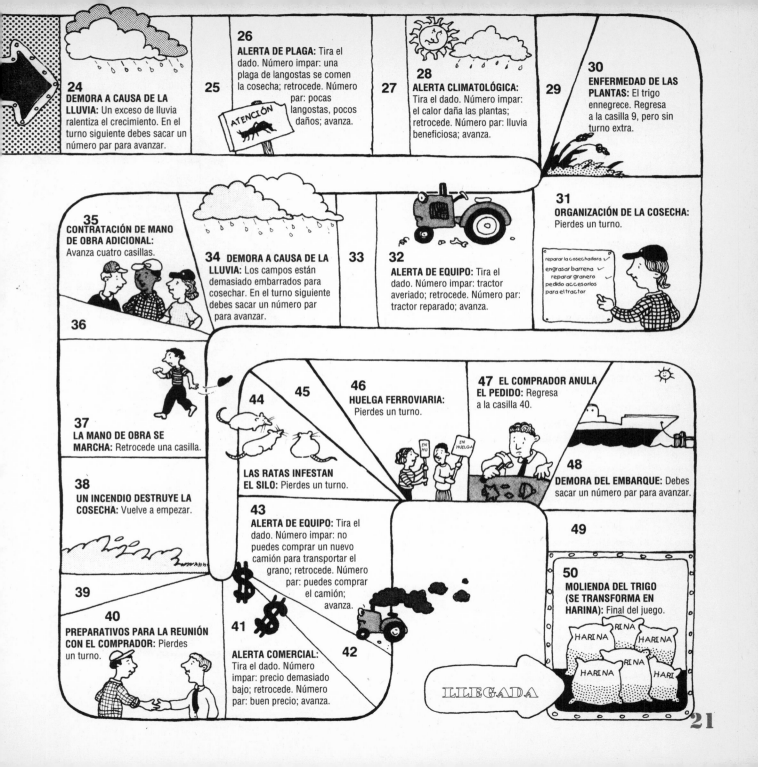

24 DEMORA A CAUSA DE LA LLUVIA: Un exceso de lluvia ralentiza el crecimiento. En el turno siguiente debes sacar un número par para avanzar.

25

26 ALERTA DE PLAGA: Tira el dado. Número impar: una plaga de langostas se comen la cosecha; retrocede. Número par: pocas langostas, pocos daños; avanza.

ATENCIÓN

27

28 ALERTA CLIMATOLÓGICA: Tira el dado. Número impar: el calor daña las plantas; retrocede. Número par: lluvia beneficiosa; avanza.

29

30 ENFERMEDAD DE LAS PLANTAS: El trigo ennegrece. Regresa a la casilla 9, pero sin turno extra.

31 ORGANIZACIÓN DE LA COSECHA: Pierdes un turno.

reparar la cosechadora ✓
engrasar barrena
reparar granero
pedido accesorios para el tractor

35 CONTRATACIÓN DE MANO DE OBRA ADICIONAL: Avanza cuatro casillas.

36

34 DEMORA A CAUSA DE LA LLUVIA: Los campos están demasiado embarrados para cosechar. En el turno siguiente debes sacar un número par para avanzar.

33

32 ALERTA DE EQUIPO: Tira el dado. Número impar: tractor averiado; retrocede. Número par: tractor reparado; avanza.

37 LA MANO DE OBRA SE MARCHA: Retrocede una casilla.

38 UN INCENDIO DESTRUYE LA COSECHA: Vuelve a empezar.

39

40 PREPARATIVOS PARA LA REUNIÓN CON EL COMPRADOR: Pierdes un turno.

41

ALERTA COMERCIAL: Tira el dado. Número impar: precio demasiado bajo; retrocede. Número par: buen precio; avanza.

42

43 ALERTA DE EQUIPO: Tira el dado. Número impar: no puedes comprar un nuevo camión para transportar el grano; retrocede. Número par: puedes comprar el camión; avanza.

44

45

LAS RATAS INFESTAN EL SILO: Pierdes un turno.

46 HUELGA FERROVIARIA: Pierdes un turno.

EN HU

EN HUELGA

47 EL COMPRADOR ANULA EL PEDIDO: Regresa a la casilla 40.

48 DEMORA DEL EMBARQUE: Debes sacar un número par para avanzar.

49

50 MOLIENDA DEL TRIGO (SE TRANSFORMA EN HARINA): Final del juego.

HARINA

LLEGADA

21

PLANTAS, PLANTAS Y MÁS PLANTAS

CUÁNTAS PLANTAS te has comido la semana pasada? ¿Diez? ¿Treinta? ¿Cien? ¿Doscientas? No te olvides de contar las plantas «ocultas», como por ejemplo los cereales en el pan o las tostadas.

Si eres como la mayoría, es probable que hayas comido alrededor de treinta.

De 300.000 a 100

En el mundo existen 300.000 plantas, pero sólo nos consta que haya 30.000 que sean comestibles, de las cuales, solamente un centenar, poco más o menos, se cultivan y se consumen con regularidad en alguna parte de nuestro planeta.

¿Por qué tan pocas? Seguimos comiendo el primer centenar de plantas que se cultivaron en el principio de la historia de la humanidad. Otras resultaban más difíciles de cultivar y los antiguos pobladores optaron por dejar de prestarles atención, conformándose con las cien primeras plantas fáciles de cultivar. ¿Por qué experimentar si ya tienes algo que funciona?

Las treinta favoritas

De las cien plantas que se consumen regularmente, en realidad, sólo treinta se comen en todas las regiones del mundo. ¿A qué es debido?

La razón principal es que la gente suele consumir aquellas especies que se desarrollan con mayor facilidad en el lugar en el que vive. Ni que decir tiene que en la actualidad, con el transporte y almacenamiento modernos, existe una mayor variedad de plantas disponibles para el consumo. Los alimentos pueden llegar hasta el supermercado local procedentes de cualquier parte del mundo, de manera que ya no hay que resignarse a comer lo que se cultiva en la propia región. Aun así, las costumbres locales a menudo determinan los hábitos de consumo.

Las Cuatro Grandes

Las cuatro plantas que come la mayoría de la gente son el trigo, el arroz, el maíz y la patata, que proporcionan más de la mitad de la alimentación mundial de tipo vegetal. Asimismo, más de un tercio de la población total utiliza el trigo como alimento principal, y otro tercio usa el arroz.

¿Por qué se han popularizado tanto estas cuatro especies? Años atrás, la gente experimentó con diferentes plantas, llegando a la conclusión de que el trigo, el arroz, el maíz y la patata eran las más nutritivas, además de ser fáciles de cultivar y de transportar, produciendo, por si esto fuera poco, la mayor cantidad de alimento por hectárea cultivada.

Sin embargo, el ser humano no siempre elige las plantas más nutritivas como base de su dieta. En África, por ejemplo, mucha gente cultiva y consume una raíz vegetal llamada cassava, que no es especialmente nutritiva. En realidad, muchas personas están desnutridas como consecuencia del uso de la cassava como fuente básica de la dieta alimenticia. A pesar de ello, se sigue consumiendo muchísimo porque es fácil de cultivar, incluso en una tierra empobrecida.

Cuenta las plantas

Confecciona una lista de todas las plantas diferentes que comes en una semana e intenta duplicarla la semana siguiente. Pide a un amigo cuya familia pertenezca a una cultura distinta a la tuya que haga lo mismo y comparad las listas.

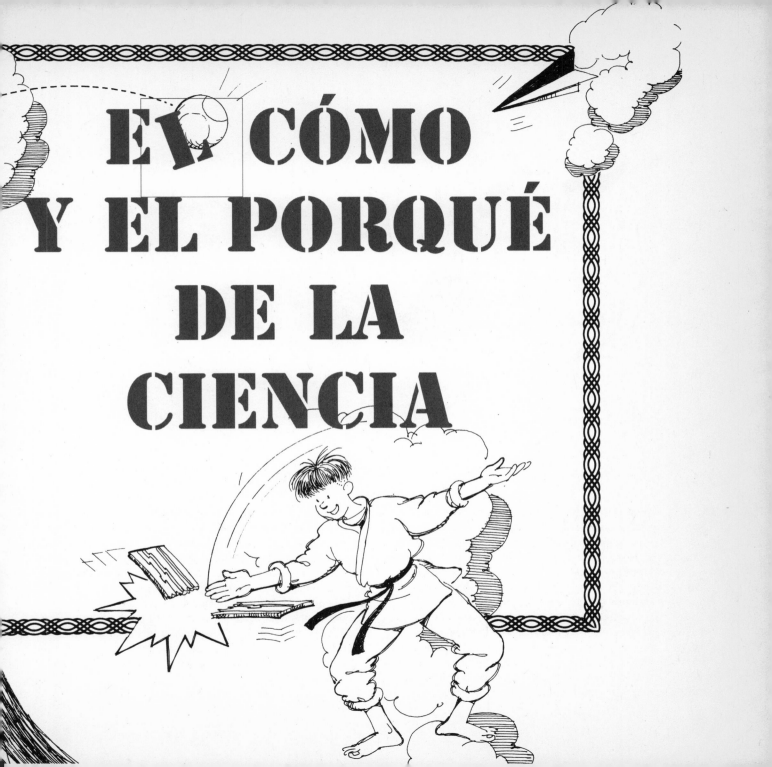

EL CÓMO Y EL PORQUÉ DE LA CIENCIA

¿POR QUÉ VUELAN LAS COSAS?

ALLÁ POR el siglo XI, un hombre llamado Saracen de Constantinopla decidió intentar volar. Cosió algunos listones de madera a una capa e imitando el aleteo de los pájaros se lanzó desde lo alto de una torre. Su vuelo fue muy breve y terminó en el suelo con el consabido «¡chof!».

Con el paso del tiempo, potenciales hombres pájaro de toda Europa continuaron practicando el «ala delta» desde los castillos y las catedrales con la intención de volar, aunque todos ellos llegaban al suelo con el mismo y triste resultado.

En el siglo XIX, unos pocos inventores consiguieron un cierto éxito con los planeadores, pero en realidad, no fue sino hasta la década de 1960 cuando el vuelo con ala delta se convirtió en un deporte seguro y popular.

Las alas delta funcionan de la misma forma que todas las demás cosas volantes: utilizan el aire para volar. ¿Cómo? Cuando un ala delta se desliza desde un acantilado, el aire empieza a fluir a su alrededor. Cuanto más deprisa se mueve, menor es la presión del aire. La forma curvada del ala contribuye a que el aire se desplace más veloz en la cara superior del ala que en la inferior, lo cual hace que la presión que ejerce sea menor en aquélla que en ésta. ¿El resultado? La elevación. ¿Serías capar de conseguir que una hoja de papel *ascienda* sin tocarla? Si es así, ya tienes una idea muy aproximada de cómo las *alas delta* (y otros aeroplanos) se mantienen en el aire.

Material necesario
hoja de papel

1. Sostén un borde de la hoja entre el pulgar y el índice, dejando que el resto del papel caiga sobre los otros dedos, como se observa en la ilustración.
2. Ahora acerca la boca al pulgar y sopla con fuerza sobre la cara superior del papel. ¿Qué ocurre? Has creado un ingrediente esencial del vuelo: el ascenso.

¿Qué es el ascenso? Cuando un aeroplano se desplaza con el viento en contra, corta en dos el flujo de aire. En lugar de una *corriente de aire*, ahora hay dos, es decir, una que fluye por encima del ala y otra que lo hace por debajo de la misma. Si el ala se ha construido con una cara superior curvada y una cara inferior plana, la corriente de aire que discurre por encima y por debajo sigue una vía diferente, lo cual crea una divergencia en la presión del aire entre el plano superior y el plano inferior del ala, dando como resultado un movimiento de «ascenso».

Al soplar sobre la hoja de papel, le proporcionaste la corriente de aire necesaria para elevarla.

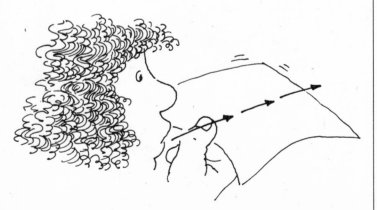

Jugando a los ángulos

Los discos voladores, o *frisbees*, también necesitan un impulso ascendente. De ahí que el plano superior esté ligeramente curvado. De este modo, el flujo de aire se descompone en diferentes sendas. Sin embargo, la curvatura de un disco volador no es suficiente para desplazarlo a una larga distancia.

Es tu forma de lanzarlo la que marca la diferencia.

Intenta hacerlo paralelo al suelo. Fíjate en la altura que alcanza y la distancia que cubre. Regresa al punto de partida y arrójalo de nuevo, esta vez inclinándolo un poco, de tal modo que el borde anterior esté ligeramente más elevado que el borde posterior. ¿Cuál ha cambiado en su trayectoria de vuelo? ¿Puedes encontrar el ángulo de inclinación que le permita cubrir la mayor distancia posible?

AVIONES DE CONSTRUCCIÓN CASERA

 ESTÁS CANSADO de los mismos y viejos diseños de aviones de papel? Construye estas dos maravillas inusuales del vuelo.

Avión de pajita de refresco

Material necesario
tira de papel de 1,5 cm × 9 cm de longitud
tira de papel de 2 cm × 12 cm de longitud
pajita de refresco, de plástico, de tamaño regular
cinta adhesiva de celofán

1. Forma un bucle con cada tira de papel, traslapando los extremos y pegándolos por dentro y por fuera del bucle. Los extremos traslapados formarán una especie de bolsillo en el que introducir la pajita de refresco.
2. Coloca un bucle en cada extremo de la pajita, pasándola a través de los bolsillos que has confeccionado.
3. Experimenta con los bucles, ajustándolos en distintas posiciones a lo largo de la pajita. Prueba con los bucles arriba y abajo, y también con el más grande delante o detrás.

Procedimiento
Los aviones de papel, incluso el de tan extraño aspecto como el que acabas de construir, vuelan utilizando los mismos principios que los aeroplanos reales. Al desplazarse, la forma y la angulación de las alas hacen que el aire se mueva más deprisa encima del ala que debajo de ella, lo cual reduce la presión del aire en el plano superior, incrementa la del plano inferior y el aparato se sostiene gracias a esta diferencia de presión.

Los aviones de verdad tienen que correr por una pista para conseguir que el aire se desplace lo bastante rápido y genere la suficiente diferencia de presión del aire que les permita elevarse, y luego deben mantenerse por encima de una velocidad mínima durante el vuelo. Por otro lado, los helicópteros se limitan a mover las alas, o rotores, obligando al aire a pasar a través de ellas a una velocidad suficiente para elevarlos del

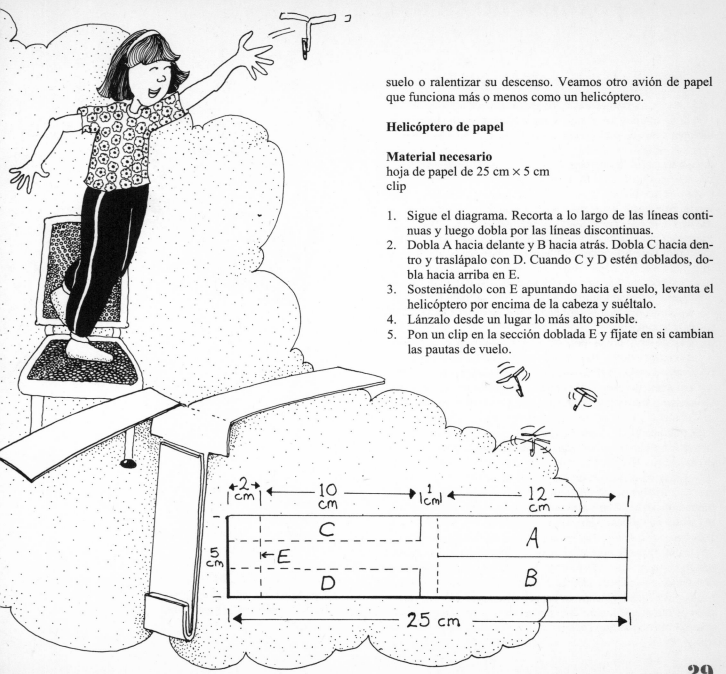

suelo o ralentizar su descenso. Veamos otro avión de papel que funciona más o menos como un helicóptero.

Helicóptero de papel

Material necesario
hoja de papel de 25 cm × 5 cm
clip

1. Sigue el diagrama. Recorta a lo largo de las líneas continuas y luego dobla por las líneas discontinuas.
2. Dobla A hacia delante y B hacia atrás. Dobla C hacia dentro y traslápalo con D. Cuando C y D estén doblados, dobla hacia arriba en E.
3. Sosteniéndolo con E apuntando hacia el suelo, levanta el helicóptero por encima de la cabeza y suéltalo.
4. Lánzalo desde un lugar lo más alto posible.
5. Pon un clip en la sección doblada E y fíjate en si cambian las pautas de vuelo.

¿POR QUÉ BOTAN LAS PELOTAS?

N LAS PRINCIPALES ligas deportivas, no sólo son los atletas quienes tienen que mantenerse en plena forma; el equipo deportivo también debe estar en perfectas condiciones. De lo contrario, se descarta para el juego.

¿Cómo se puede comprobar que una pelota está en buenas condiciones? ¡Por la forma en la que bota!

En todos los deportes de pelota existen estándares para medir su rebote. Y las pelotas deben cumplir totalmente –o mejor..., «rebotadamente»– dichos estándares. ¿Por qué? Piensa en una pelota de baloncesto, por ejemplo. Si todos tuvieran un bote diferente, el juego cambiaría cada vez que se utilizara un balón nuevo. Imagínate lo que significaría driblar una pelota de baloncesto con el bote de una pelota de fútbol americano y luego cambiar a otra pelota de baloncesto que botara como una pelota de béisbol. Lo mismo es aplicable a los demás deportes.

Las pelotas botan porque cuando golpean el suelo se aplastan. Los objetos de caucho tienden a recuperar su forma original cuando se ven sometidos a una compresión, y un balón no es una excepción. Así pues, rebota en el suelo mientras recupera su forma esférica habitual. El grado de rebote indica la velocidad con la que recupera dicha forma, y cuando no es capaz de hacerlo, se descarta de inmediato para el juego. En general, un balón suele durar un año en una liga de primera división.

¿Qué estándares deben satisfacer las pelotas?

Al soltarlas desde una altura de 182,9 cm, una pelota de baloncesto debe botar hasta una altura de 125,5 a 137 cm.

Si se suelta desde una altura de 254 cm, un balón de voleibol o de fútbol tiene que rebotar hasta una altura de 152,4 a 165,1 cm. Estas cifras han sido determinadas por las respectivas ligas deportivas. Las pelotas de uso doméstico se fabrican con materiales más económicos que las que están destinadas a las ligas profesionales, y en consecuencia, su grado de rebote es diferente. ¿Cuánto botan los balones que tienes en casa? Averígualo con este experimento.

Material necesario

varias pelotas (por ejemplo, una de goma, una de rugby, otra de tenis, de voleibol, de fútbol, etc.)
regla
lápiz o rotulador
pavimento duro
bloc

1. Sostén la primera pelota en lo alto de la regla y suéltala.
2. Haz una señal en el punto más alto del bote. Tal vez necesites unos cuantos intentos para acostumbrarte a localizar dicho punto. ¿Cuál bota más? Anota los resultados.
3. Repite el test sobre diferentes superficies. ¿Cuál produce un mayor bote, un pavimento de vinilo o de madera? ¿Y qué tal el césped recién cortado, una acera de hormigón, un colchón o un camino de grava? ¿Influye el tipo de superficie en el mayor o menor grado de rebote de tu colección de balones?

Termo-rebote

En julio de 1965, durante un partido de béisbol entre Chicago White Sox y Detroit Tigers, en Chicago, se desató una curiosa polémica. Los Tigers acusaron a los Sox de refrigerar ilegalmente las pelotas, asegurando que aquélla era la razón por la que sólo se habían anotado 17 carreras en cinco juegos.

«¡Ridículo!», respondió el equipo de Chicago, acusando a su vez a su rival: ¡durante los cinco partidos anteriores disputados en Detroit, las pelotas habían sido calentadas! ¡Cómo si no se podían explicar las 59 carreras anotadas, incluyendo 19 *home runs*!

¿Estaban locos aquellos jugadores? O ¿acaso las pelotas calientes botan más de lo normal y las frías botan menos?

Tú eres el árbitro. Probablemente nunca sabremos si en realidad los dos equipos cometieron alguna irregularidad con las pelotas, pero ahora, lo que sí puedes averiguar es si aquellas acusaciones tenían alguna base.

Material necesario

las mismas pelotas y equipo que has utilizado en el experimento del bote y los resultados del mismo
frigorífico
horno

1. Enfría las pelotas en un frigorífico durante una hora.
2. Sácalas de una en una y pon a prueba de inmediato su grado de rebote. Anota los resultados.
3. Espera algunas horas para que las pelotas se hayan atemperado por completo, y luego colócalas en una fuente para tartas y métela en el horno a 105 ºC durante 15 minutos, asegurándote de que no estén cerca de los componentes del horno.

4. Repite el experimento del bote de bola en bola y anota los resultados.

¿Estaban en lo cierto los equipos de béisbol? ¿Podían haber «cocinado» los resultados «cocinando» las pelotas?

CUANDO GIRA UNA PELOTA

HAS VISTO alguna vez una foca manteniendo en equilibrio una pelota sobre el hocico? Parece fácil... hasta que lo intentas. No hace falta que te compliques tanto como la foca; no lo hagas con la nariz, sino prueba a mantenerla en equilibrio sobre un dedo, tal y como lo hacen los jugadores de baloncesto. Colócala inmóvil en la yema del dedo y se caerá. Pero hazla girar como los jugadores de baloncesto (o la foca) y conseguirás mantenerla allí arriba mucho más tiempo.

El secreto está en la rotación. Cuanto más deprisa gira la pelota, mejor se comporta.

Muchísimos deportes de pelota utilizan el efecto centrífugo del giro. Los jugadores de fútbol americano hacen girar el balón para controlar mejor los pases. En ocasiones, un buen pase se conoce como «pase de bala», y por una buena razón. Las balas también giran. El barril de un rifle tiene hendiduras en espiral talladas en su pared interior que hacen girar la bala al pasar.

¿Qué ocurre sin rotación? Intenta lanzar un balón de fútbol americano sin hacerlo girar. El resultado será la pesadilla de cualquier *quarter-back*. Sin dejar de bambolearse de un extremo al otro, la pelota se desviará de su curso y caerá al suelo rápidamente.

Los discos voladores, o *frisbees*, también giran mientras se desplazan. ¿A qué distancia podríamos lanzarlo sin hacerlo girar?

Tanto los balones de fútbol como las balas y los discos voladores se benefician de lo que se denomina estabilidad giroscópica, o lo que es lo mismo, la tendencia de un objeto en rotación a mantener su eje (el centro alrededor del cual está girando; piensa en el eje de una rueda de bicicleta) apuntando en una dirección constante.

¿Quiere esto decir que un balón de fútbol americano girando debería volar directamente hasta su objetivo? En realidad, no. Mientras se desplaza por el aire, pierde una parte de su estabilidad giroscópica a causa de la resistencia del aire, lo cual crea un «bamboleo» llamado precesión. La pelota ya no apunta al frente, sino que sus extremos giran como un sacacorchos, describiendo pequeños círculos en el aire mientras se mueve.

Cualquier objeto en rotación que no esté en un perfecto equilibrio estará sometido a la precesión, incluso nuestra Tierra. En efecto, la Tierra gira alrededor de su propio eje, efectuando una revolución cada veinticuatro horas. Sin embargo, la rotación terrestre no es perfecta, debido al impulso gravitatorio del sol y la luna. Así pues, experimenta un bamboleo, aunque muy lento. Los científicos estiman que la Tierra realiza una precesión cada 26.000 años.

Cómo transformar la tapa de un envase de margarina en una peonza

Material necesario
2 bolígrafos
2 tapas de plástico (p.ej., de margarina y de yogur)
bloc grande de papel

1. Clava la punta de un bolígrafo en el centro de la tapa de margarina de tal modo que sobresalga un par de centímetros por el otro lado.
2. Presiona la punta del bolígrafo sobre el papel. Haz girar el bolígrafo entre los dedos o las palmas de las manos, como si fuera una peonza, y luego suéltalo.
3. Observa los diseños que deja impresos en el papel. (Si con el bolígrafo no da resultado, usa un rotulador.)

¿Cómo es posible que tu peonza-bolígrafo trace estos diseños en el papel? Muy fácil, facilitando su precisión durante el movimiento. Una peonza inclinada siempre precesionará, ya que la gravedad intenta hacerla caer. Poco a poco, verás que los bucles se van ensanchando. Los bucles grandes son dibujos de precesión.

¿Quieres añadir más bucles pequeños para conseguir diseños aún más bellos si cabe? Pega pedacitos de plastilina en un borde de la tapa, aunque también es posible que se produzcan sin ella si el bolígrafo está ligeramente descentrado en la tapa.

Utiliza otras tapas y bolígrafos para construir peonzas caseras de diferentes tamaños. Haz una prueba colocando el bolígrafo muy descentrado en la tapa. ¿Cómo son ahora los dibujos?

33

¿POR QUÉ CURVAN SU TRAYECTORIA LAS PELOTAS LANZADAS CON EFECTO?

HAS VISTO alguna vez un lanzamiento con efecto, o *ball break*? Sucede siempre, o ¿acaso no te has dado cuenta?

«*Break*» es el término con el que los *pitchers* de béisbol describen los lanzamientos que se curvan en pleno vuelo, desviándose de su trayectoria original. Desde el punto de vista del bateador, una bola curvada parece describir una trayectoria recta y luego cae bruscamente, como si hubiera llegado al borde de una mesa.

Para conseguir un lanzamiento con efecto debes hacer girar la pelota al lanzarla o golpearla. ¿Por qué la rotación curva la trayectoria de la bola? Una pelota que vuela por el aire está rodeada de una fina capa de aire que se «pega» a la misma mientras fluye a su alrededor. (Los embastes en las pelotas de béisbol y la pelusilla en las de tenis contribuyen a absorber esta capa de aire.) En una pelota sin rotación, la capa de aire se mueve alrededor de la misma y luego se separa de ella, en la parte posterior, para formar un remolino de aire turbulento.

Sin embargo, en una pelota con efecto superior, el movimiento giratorio de la bola succiona el aire inferior, alrededor de la parte posterior de la pelota, confiriéndole un impulso adicional y desviando la estela hacia arriba. Como resultado, la bola se curva hacia el suelo.

De un modo similar, la estela de una pelota con efecto posterior se desviará hacia abajo, evitando que caiga al suelo tan rápidamente (una curva con efecto posterior es lo que crea una «bola rápida»), y la de una bola con efecto lateral se desviará a un lado, impulsándola en la dirección opuesta.

Ser capaz de imprimir una trayectoria curva en una pelota de béisbol o de tenis requiere un brazo fuerte, muchísima práctica, un entrenamiento adecuado y un cierto nivel de madurez física. Muchos entrenadores de béisbol aconsejan a los niños no intentar curvar las bolas hasta mediada la adolescencia.

Aunque no necesitarás nada de eso para dar efecto a un balón de playa.

Material necesario
balón de playa

1. Sujeta el balón en la palma de una mano, con el brazo extendido.
2. Desplaza rápidamente la otra mano hacia el balón, como si te dispusieras a realizar un saque de voleibol, pero en lugar de golpear la pelota por detrás, deja que la palma de la mano lo haga por el lado. Es casi como si rozaras el lateral del balón, pero con fuerza.
3. ¡Fíjate en cómo se curva!

Las pelotas de espuma también dan excelentes resultados a la hora de curvar su trayectoria. Sujétala con el dedo pulgar, el índice y el corazón. Lánzala al aire haciéndola girar ligeramente hacia un lado para que empiece a dar vueltas y golpéala. Al principio, es preferible limitarse a los efectos laterales, pues son los más fáciles de realizar, y pasar posteriormente al efecto superior. Intenta lanzarla contra el suelo con un efecto posterior. ¿Hacia dónde bota?

¿POR QUÉ TIENEN HOYUELOS LAS PELOTAS DE GOLF?

HACE MUCHO tiempo, a las pelotas de golf se les llamaba *featheries* (del inglés *feather*, que significa «pluma»), pues construían rellenando de plumas de ganso hervidas un pedazo de piel de toro sin curtir. Luego se cosía el cuero, se le daba una forma redondeada y se pintaba de blanco. Al golpearla, quien más quien menos esperaba que las plumas contribuirían a que volara más lejos. Y lo cierto es que lo hacían mucho mejor que el anterior tipo de pelota de golf, tallada en madera de boj.

Las *featheries* se utilizaron durante ciento cincuenta años, hasta que a mediados del siglo XIX, un cura de la Universidad de St. Andrews, en Escocia, diseñó una nueva pelota de golf de gutapercha, una sustancia gomosa procedente de India.

Entusiasmado con su invención, el cura no dudó un instante en salir al campo para probar su pelota, a la que apodó *guttie*. Su primer golpe fue un completo fracaso. La bola cayó bruscamente al suelo tras haber recorrido una corta distancia.

Pero el buen hombre no estaba dispuesto a darse por vencido fácilmente. La golpeó una, otra y otra vez más, hasta que al final advirtió que a medida que el palo iba rayando y marcando la *guttie* se mantenía en el aire durante más tiempo.

Muy pronto, los fabricantes de pelotas de golf empezaron a producir la *guttie* en masa con unos cráteres especialmente moldeados, u «hoyuelos», en la superficie. Cuantos más hoyuelos añadían, más lejos volaban. Hoy en día, las pelotas de golf, que se fabrican con caucho revestido de una capa cerámica dura, tienen más hoyuelos que Shirley Temple.

¿Por qué dan mejores resultados las bolas con hoyuelos que las lisas? La respuesta reside en la forma en que el aire fluye a su alrededor cuando están en movimiento.

En efecto, durante el vuelo, la pelota arrastra una finísima capa de aire, llamada capa-límite. En una bola lisa, la capa-límite se descompone antes de haberla rodeado por completo, dejando una larguísima «estela» detrás de sí, a modo de para-

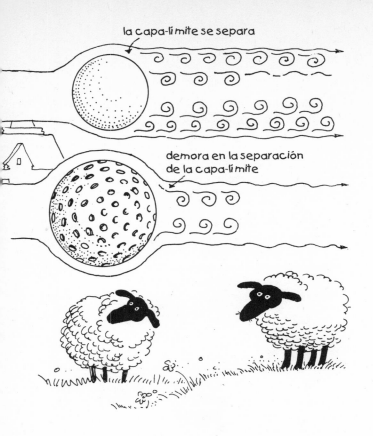

la capa-límite se separa

demora en la separación de la capa-límite

caídas, que frena la inercia de la pelota y la hace caer al suelo antes de lo previsto.

Para eliminar este paracaídas hay que conseguir que la capa-límite se adhiera a la bola durante todo su recorrido alrededor de la misma, hasta su parte posterior. Los hoyuelos mezclan el aire de la capa-límite con la siguiente capa exterior de aire, que se desplaza más deprisa, confiriendo a la capa-límite un impulso adicional que la conduce hasta la parte posterior de la pelota. La estela que se forma detrás de una bola con hoyuelos es mucho más estrecha, y ésta recorre una mayor distancia.

Por término medio, las pelotas con cráteres vuelan cuatro veces más que las lisas.

Curiosidades acerca del golf

- Es probable que el partido de golf más inusual que se haya disputado jamás sea el que jugó el capitán Alan Shepard en la luna, en febrero de 1971.

- Floyd Satterlee Rood jugó el partido de golf más largo de la historia, golpeando la bola desde la costa del Atlántico hasta la cosa del Pacífico de Estados Unidos. Tardó casi trece meses en completar la distancia.

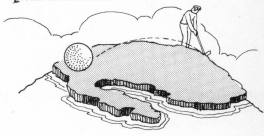

- Según el *Libro Guinness de los Récords*, el jugador más joven que jamás haya conseguido un hoyo en uno es Coby Orr, de Littleton, Colorado. Tenía sólo cinco años.

¿POR QUÉ NO SE MAREAN LOS PATINADORES AL GIRAR?

MENTIRA! Los patinadores *sí* se marean al dar vueltas sobre sí mismos, pero utilizan los ojos para no perder el equilibrio, lo cual no deja de ser realmente extraño, ya que el mareo de los patinadores, al igual que el de cualquier otra persona, depende de los oídos.

En el interior de cada oído, más allá de donde puedes alcanzar cuando te lavas, existen unos canales llenos de fluido, y dichos canales disponen de unas cápsulas parecidas a la gelatina de las que brotan unas minúsculas vellosidades que, a decir verdad, son sensores que envían mensajes al cerebro. Cuando giras la cabeza, el fluido se mueve en la misma dirección, aunque quedándose un poco retrasado al principio, y durante este retraso, presiona contra las cápsulas vellosas, lo cual desencadena un mensaje inmediato sobre la dirección y velocidad de tu movimiento.

Después de haber estado dando vueltas durante un rato, el fluido alcanza el canal, y entonces debes confiar en los mensajes procedentes de los ojos y los músculos para saber si todavía estás girando. Al detenerte súbitamente, tienes la sensación de seguir dando vueltas. Esto es debido a que el fluido en el oído interno aún no ha dejado de moverse. Asimismo, te parece estar girando en la dirección opuesta, y esto es así porque el fluido, que continúa en movimiento, presiona sobre el otro lado de la cápsula de gelatina.

Ahora, el cerebro está recibiendo mensajes contradictorios: tus músculos dicen que has estado girando en una dirección y que luego te has detenido, mientras que tus oídos dicen que te estás moviendo en la dirección opuesta y que continúas haciéndolo. Por su parte, los ojos no contribuyen a mejorar el proceso, puesto que todavía no han fijado su atención en algo concreto. Esta confusión es lo que se conoce como estar mareado.

¿Cómo utilizan los ojos los patinadores al girar sobre sí mismos para evitar caerse a causa del mareo? Con la práctica, aprenden a enfocarlos intencionadamente en un objeto inmóvil tan pronto como dejan de dar vueltas, para que el cerebro pueda clasificar los mensajes más deprisa. Con este experimento podrás observar la forma en la que el fluido se demora en los canales del oído en relación con el movimiento de la cabeza.

Material necesario

desayuno a base de leche y cereales que floten (los de avena en forma de «O» son ideales) en un cuenco

1. Haz girar suavemente el cuenco en una dirección. Fíjate en los cereales para ver cuándo empieza a moverse la leche en la que están flotando.
2. Detén el cuenco. Observa en qué dirección se mueven los cereales (los del borde no cuentan).
3. ¡Cómetelos!

¿CÓMO SE PUEDE PARTIR UN TABLÓN CON LA MANO DESNUDA?

ALGUNA VEZ has estado tan enojado que no has podido evitar propinarle un manotazo a una mesa? Duele, ¿verdad? ¡Y ni siquiera has tenido la satisfacción de dejar una señal!

Si lo único que has conseguido es una mano hinchada, una mesa intacta y una cara de bobo, ¿cómo se las ingenian los karatekas para romper tablas sin fracturarse las manos?

Una parte del secreto reside en el hecho de que la tabla se comba cuando la mano impacta en ella, y al hacerlo, su mitad superior se comprime, mientras que su mitad inferior experimenta tensión, una especie de estiramiento que tiende a la separación. Al estirarse, la mitad inferior de la tabla empieza a agrietarse. La grieta asciende rápidamente y la tabla se parte en dos. Si te fijas en la forma en la que se disponen las tablas para realizar este tipo de demostraciones, descubrirás que sólo suelen estar apoyadas por los extremos, lo cual les confiere muchísimo espacio para combarse.

Otra parte del secreto reside en el objetivo del impacto y la velocidad del karateka. La mano se desplaza a toda velocidad cuando golpea la tabla porque en realidad el objetivo al que se dirige está situado debajo de la superficie.

¿Por qué no se fractura la mano además de la tabla? Pues porque la piel y los músculos situados entre los huesos y la madera absorben una parte de la tensión generada por el impacto. Asimismo, otra parte de la fuerza se transmite a otras zonas del cuerpo. Los karatekas expertos tienen la cautela de colocar la mano en determinadas posiciones, llamadas «mano de cuchillo» o «puño de martillo», y sólo realizan el contacto con la porción que es capaz de absorber mejor el golpe.

Los científicos estiman que en un golpe de kárate, la mano humana puede aplicar casi seis veces la fuerza necesaria para romper un tablón de pino y casi un tercio más de la que haría falta para partir un bloque de hormigón.

Así pues, tus manos son muchísimo más poderosas de lo que imaginabas, ¿no es cierto? Pero no creas que eso te permite convertirte en un experto de un día para otro. Los alumnos de kárate estudian y practican durante años antes de golpear un bloque de madera o una losa de hormigón con su demoledora mano de cuchillo o puño de martillo. Hacerlo sin instrucción y entrenamiento puede ser muy peligroso.

¿POR QUÉ ESTALLAN LOS GRANOS DE MAÍZ AL CALENTARSE?

E L MAÍZ existe desde hace mucho, muchísimo tiempo, ¡incluso antes de que se inventaran las películas! En efecto, los incas ya lo utilizaban como ornamento decorativo siglos atrás, y los indios nativos de América del norte lo ofrecieron a los primeros colonizadores de Nueva Inglaterra durante la cena de la primera celebración de Acción de Gracias de la historia.

Una de las cosas más interesantes del maíz es que puedes comer tanto como quieras y lo único que echará a perder es tu apetito. Un cuenco lleno de maíz sólo contiene unas cuantas proteínas y un poquito de grasa, una parte de la fibra que necesitas en tu dieta y solamente veinticinco calorías.

Sin embargo, si has hecho palomitas alguna vez, habrás observado que algunas hornadas salen más blandas y esponjosas que otras. ¿Por qué? El secreto está en el interior del grano.

Si cortas con cuidado un grano de maíz por la mitad, verás que está muy comprimido, con un material más blando y ligeramente húmedo. En realidad, el grano es la semilla de una nueva planta de maíz, y la humedad encerrada en su interior contribuye a mantenerla viva hasta que se dan las condiciones adecuadas para germinar. Pues bien, es precisamente esa humedad la que provoca el estallido del maíz cuando haces palomitas.

Si el grano se calienta muy deprisa, la humedad se evapora y se expande rápidamente, ejerciendo la suficiente presión como para reventar el grano. Cuando la estrecha cubierta del grano se abre, el material que se aloja en su interior se expande como si de una caja de sorpresas con resorte se tratara.

¿Qué importancia tiene el agua interior en la producción de un maíz de buena calidad? Lo descubrirás con el sabroso experimento siguiente.

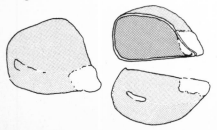

Test del maíz

Material necesario
125 ml (½ taza) de maíz fresco
bandeja para el horno
regla

1. Llena de granos de maíz un vaso medidor hasta 50 ml (¼ de taza) y cuéntalos. Prepara otro grupo con el mismo número de granos.
2. Precalienta el horno a 100 ºC, extiende un grupo de granos de maíz en una fuente y cuécelos durante 90 minutos.
3. Mientras se calientan, haz palomitas con el otro grupo de granos. Cuenta los que **no** han estallado y luego mide la longitud de diez de los que se han abierto. Elígelos al azar (mete la mano en el cuenco y saca un puñado). Suma las medidas y divídelas por diez para averiguar cuál es su tamaño medio. Anótalo para no olvidarlo.
4. Guarda las anotaciones y cómete las palomitas.
5. Transcurridos 90 minutos, pide a un adulto que te ayude a retirar del horno los granos calentados. Déjalos enfriar y luego haz palomitas con ellos, al igual que hiciste antes con el primer grupo. Una vez más, cuenta los granos que no han reventado y mide diez de los que sí estallaron. Cómete un par de granos para compararlos con los del primer grupo.
6. Cómete el resto e intenta adivinar cuál ha sido la causa de la diferencia que existe entre los dos puñados de maíz. (Te daré una pista: el agua se evapora con el calor.)

¿Qué crees que ocurriría si pusieras en remojo el maíz duro antes de hacer palomitas?

¿POR QUÉ AL PRINCIPIO ESTÁN TAN CALIENTES LAS BEBIDAS CALIENTES?

POR QUÉ los primeros sorbos de una bebida de cacao caliente siempre dan la sensación de estar más calientes que los siguientes? ¿Se acostumbra al calor la boca? ¿Se enfría la bebida a medida que se suceden los sorbos? Para resolver el misterio, realiza este experimento.

Material necesario
trozo de cuerda de 30 cm de longitud
botella pequeña
jarra grande o tarro de cristal
colorante alimentario

1. Ata la cuerda alrededor del cuello de la botella pequeña.
2. Llena de agua fría la jarra grande.
3. Llena de agua caliente la botella pequeña y vierte rápidamente en su interior el suficiente colorante alimentario para que adquiera una tonalidad intensa.
4. Con la cuerda, desciende suavemente la botella pequeña, sumergiéndola en la grande, llena de agua fría. Procura que la botella pequeña no se incline. Mientras va descendiendo, liberará un surtidor coloreado de agua caliente. Incluso después de haber llegado al fondo, el agua coloreada seguirá saliendo de la botella pequeña, no tardando en flotar en la parte superior de la jarra.

Procedimiento
El agua se expande y se eleva cuando está caliente. Ésta es la razón por la que el agua caliente coloreada asciende hasta la superficie, y también por la que la capa superior de la bebida de cacao está más caliente que el resto.

¿Crees que este principio también es aplicable a las bebidas frías? ¿Se te ocurre alguna forma de averiguar si las bebidas frías son más frías en la base?

He aquí una pista: utiliza un cubito de hielo hecho con el agua de un vegetal teñido con colorante alimentario.

¿CÓMO VIAJA EL SONIDO?

TE HAS preguntado alguna vez cómo viaja el sonido? Este experimento te permitirá «ver» sonidos en movimiento.

Material necesario

2 vasos de la misma forma y tamaño
lápiz
trozo de alambre fino, lo bastante largo como para descansar en el borde de un vaso, tal y como se indica en la ilustración

1. Llena de agua los dos vasos hasta la mitad.
2. Golpea el primer vaso con un lápiz. Oirás una nota musical. Intenta reproducir la misma nota en el segundo vaso. Tendrás que añadir o quitar agua para conseguirlo.
3. Sitúa los vasos a una distancia de 10-12 cm de distancia y coloca el alambre sobre el vaso más alejado.
4. Ahora golpea el vaso más próximo... ¡y verás que el alambre se mueve ligeramente en el otro vaso!

Procedimiento

Al golpear el primer vaso con un lápiz, lo haces vibrar, y aunque las vibraciones son demasiado pequeñas como para poder verlas, también son lo bastante fuertes como para empujar el aire hacia delante en forma de ondas, al igual que las ondas u ondulaciones que se forman en la superficie del agua cuando arrojas una piedra. Estas ondas acústicas generan vibraciones similares en el otro vaso, y son precisamente las vibraciones del segundo vaso las que mueven el alambre. Si sigues golpeando el primer vaso, el alambre continuará desplazándose hacia el borde del segundo vaso y al final se caerá.

> **¡Escucha, escucha!**
> Tus oídos captan vibraciones de una forma parecida a como lo hace el alambre. En el interior del oído hay una pieza sensible de tejido llamada tímpano, que vibra cuando las ondas acústicas la golpean. Estas vibraciones se transmiten al cerebro a través del oído medio y el oído interno, donde se «decodifican» en sonidos.

VER EL SONIDO

 EAMOS ahora una forma inusual de «ver» un sonido.

Material necesario
globo
tijeras
lata de refresco o de sopa sin los dos círculos de los extremos
aros de goma
cinta adhesiva
pegamento
pedacito cuadrado de espejo de 0,5 cm de lado
linterna

1. Corta el cuello del globo y estira la parte restante sobre uno de los extremos de la lata, de manera que quede bien tensa. Asegura el globo con aros de goma y pega el extremo del mismo a la lata para evitar que se deslice.
2. Pega el pedacito de espejo, mirando hacia fuera, al globo estirado, aproximadamente a un tercio del diámetro de la lata.
3. A continuación, enciende la linterna y dirígela hacia el espejo con un haz angulado, de manera que se pueda ver un punto brillante en la pared (el espejo reflejado). Si no dispones de ninguna pared vacía, utiliza un trozo de cartulina blanca a modo de pantalla.
4. Sostén la lata lo más quieta posible o pégala en una mesa con cinta adhesiva para que no ruede, y canta o grita en el extremo abierto de la lata. ¿Por qué vibra rápidamente adelante y atrás?

Procedimiento
El sonido se compone de vibraciones. Cuando cantas o gritas, el aire expulsado de tus pulmones pasa a través de las cuerdas vocales y las hace vibrar, produciendo ondas de presión que viajan a través del aire, como las ondulaciones en el agua. Cuando estas ondas chocan con el globo estirado, lo hacen vi-

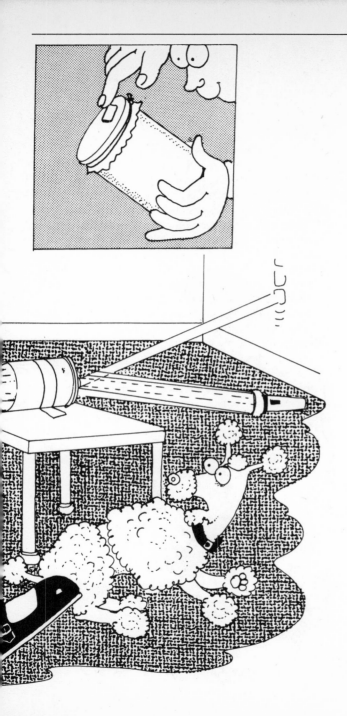

brar, y el globo, a su vez, genera vibraciones en el espejo y en la luz que refleja en la pared.

El tímpano es una membrana estirada parecida al globo de nuestro experimento. Cuando las ondas de presión inciden en él, vibra, y el cerebro interpreta tales vibraciones como sonidos.

Voz humana y voz grabada

¿Recuerdas la sorpresa que te llevaste la primera vez que oíste tu voz grabada en un radiocassette? Cuando oyes tu voz en una cinta, lo haces después de que las ondas acústicas hayan viajado por el aire. Pero habitualmente, la oyes a través de los huesos del cráneo, y suena diferente. La forma en la que suena tu voz en una cinta se aproxima muchísimo a cómo te oyen los demás.

Oír a través de los dientes

Descubre hasta qué punto los huesos del cráneo son buenos «conductores del sonido».

Material necesario

tenedor   cuchara

Golpea las púas del tenedor con la cuchara y escucha la nota producida por la vibración. Tan pronto como el sonido empiece a desvanecerse, coloca el extremo del mango del tenedor entre los dientes y muérdelo con firmeza.

SUELAS DE GOMA

E TE SUELEN enfriar los pies cuando piensas en la próxima competición en la que vas a participar? Pues este experimento también te los enfriará, ¡vaya que sí!

Material necesario
zapatillas deportivas
bolsa de plástico
congelador

1. Cálzate las zapatillas deportivas y camina un poco. Arrastra los pies por el suelo y fíjate en si resbalan más o menos. Da unos cuantos saltos.
2. A continuación, envuelve las zapatillas en una bolsa de plástico y mételas en el congelador, asegurándote de que el plástico sea bastante grueso, pues de lo contrario te arriesgas a que los alimentos tengan sabor a pies. Déjalas en el congelador durante veinticuatro horas.
3. Cálzatelas de nuevo (tal vez estén rígidas; procura no desgarrarlas) e intenta correr, resbalar y saltar como antes.

¿Por qué las zapatillas heladas resbalan y botan de una forma diferente a las que están a temperatura ambiente? En general, se produce muchísima fricción entre las suelas de las zapatillas y el suelo, lo cual te permite disfrutar de un buen agarre al caminar o correr. La fricción es un fenómeno que se produce ineludiblemente siempre que dos objetos se frotan entre sí. Puedes descubrir el motivo observando cualquier objeto al microscopio. Independientemente de lo suave y lisa que parezca su superficie a simple vista, bajo el microscopio. Al presionar dos objetos, sus superficies irregulares se «entrelazan» como las piezas de un rompecabezas de encaje.

Las zapatillas deportivas te proporcionan un mayor agarre al suelo porque el caucho es un material blando. De ahí que se amolde más al suelo, generando más fricción. Las superficies duras, tales como las suelas de los zapatos de piel, sólo están en contacto con el suelo en algunas áreas.

Al congelar las zapatillas, sus suelas de goma se endurecen, dejando de establecer contacto con el suelo. ¿El resultado? Resbalas donde normalmente disfrutabas de un buen agarre.

En muchos deportes, los atletas desean aumentar la fricción para evitar los resbalones. ¿Te has fijado en los *pitchers* de béisbol frotando una bolsita entre las manos? Se trata de colofonia, que precisamente incrementa la fricción y mejora la sujeción de la pelota. Los pertiguistas aplican una cinta adhesiva pegajosa a la pértiga o colofonia en las manos para conseguir un resultado similar. Por su parte, el revestimiento de las paletas de ping-pong mejora el «agarre» entre la paleta y la pelota, lo que permite darle efecto.

Los montañeros utilizan la presión para aumentar la fricción. Saben por experiencia que inclinándose hacia atrás, es decir, alejándose de la roca y colocando el cuerpo en una posición lo más perpendicular posible, las suelas de sus botas se mantienen firmemente sujetas a la roca, reduciendo las probabilidades de resbalar.

Como es lógico, no todos los deportes tienen como objetivo incrementar la sujeción o «agarre» entre dos superficies. Éste es el caso del bowling, por ejemplo, donde la mejor manera de lanzar la bola para lograr un *strike* consiste en darle efecto para curvar su trayectoria al final de la pista y hacer diana en el primer bolo.

Por desgracia, dado que las pistas de bolos son tan largas, a menudo las bolas con efecto acaban en uno de los dos canalones laterales. De ahí que los diez primeros metros, poco más o menos, de una pista de bolos esté siempre revestida de una ligera capa de aceite. Cuando la bola entra en contacto con ella, adquiere efecto, pero su trayectoria no se curva, y sólo cuando termina la capa de aceite y la bola continúa por el pavimento de madera empieza a desviarse. La fricción entre la bola y la madera actúa a modo de fuerza lateral, haciendo que aquélla se curve hacia un lado y, con un poco de suerte, se sitúe en posición de *strike*.

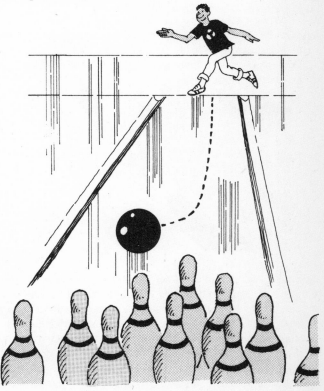

¿CÓMO PROTEGEN LA CABEZA LOS CASCOS?

N QUÉ se parece una sábana a un casco de fútbol americano?

Material necesario
huevo
sábana
2 amigos

1. Pide a tus amigos que sujeten la sábana tal y como se observa en la ilustración.
2. Aléjate un poco de la sábana y arroja un huevo con toda la fuerza de que seas capaz. ¿Qué ocurre?

¿Por qué no se ha roto el huevo? Porque la sábana se ha comportado igual que un casco de fútbol americano. Cuando un jugador recibe un golpe en la cabeza, el acolchado del casco absorbe y dispersa el impacto. Pues bien, la sábana ha hecho exactamente lo mismo al recibir el impacto del huevo. Compáralo (¡sólo en la imaginación!) con lo que sucede cuando lanzas un huevo contra una pared. La cáscara tiene que absorber toda la fuerza del impacto. ¡Ahora imagina que el huevo es tu cabeza! Es evidente que sólo un bobalicón se olvidaría de ponerse el casco, ¿no te parece?

Lo mismo sucede con los protectores faciales. Los bocadillos de *puck* saben horrible, lo cual no solía disuadir a los porteros de hockey sobre hielo de zampárselos con regularidad. Y hablando de comida rápida: estos tentempiés de alta velocidad podían salir zumbando del *stick* a 200 km/h.

De ahí que al final los porteros, en un alarde de sensatez, decidieran empezar a utilizar máscaras. Gerry Cheevers, portero de los Boston Bruins, solía decorar la suya con dibujos de los puntos de sutura que le habrían dado de haber salido a la pista con la cara desprotegida. ¡La máscara lucía más marcas que Frankenstein!

Si bien es cierto que llevar un equipo protector adecuado podría parecer de sentido común, su uso aún no se ha generalizado. Los cascos de bateo que usan los jugadores de béisbol sólo les protegen de las bolas rápidas que se desplazan a menos de 95 km/h, y en realidad, la mayoría de ellas en las principales ligas viajan a una velocidad muy superior. Muchos ciclistas siguen sin utilizar el casco, a pesar de alcanzar velocidades en las que una caída podría ocasionarles graves heridas en la cabeza.

¿Qué características debe tener un buen casco? Para los principiantes, los cascos deberían disponer de una concha exterior que evitara la penetración de objetos agudos, tales como los *sticks* de hockey o los palos de esquí. Hasta ahora, la fibra de vidrio ha demostrado ser el material más idóneo para proteger de las punzadas. Asimismo, las correas del mentón tienen que ser lo bastante flexibles como para resistir el tirón cuando se golpea el casco. Por último, debería estar provisto de un forro parecido a la suela de una zapatilla deportiva, capaz de absorber o reducir los impactos más fuertes.

El casco debe ser apropiado para el deporte que se pretende practicar. Los deportes de contacto, por ejemplo, como el fútbol americano y el hockey sobre hielo, requieren cascos con un acolchado que recupere su posición original después de cada golpe, como una esponja. Los cascos que usan los pilotos de automovilismo y motociclismo, así como los esquiadores de descenso, llevan otro tipo de forro, parecido a la espuma de poliestireno, que puede absorber más energía, pero que se aplasta en caso de impacto. Después de un golpe fuerte, el casco queda inservible.

¿Cómo saben los fabricantes de cascos cuál es la cantidad de impacto que absorberá un casco? Muy fácil, ¡colocándoselo en la cabeza! Pero en una cabeza artificial, claro está. Una vez ajustado el casco, se arroja la cabeza desde una altura de 3 m sobre un bloque de hierro acolchado. Dentro de la cabeza hay un pequeño instrumento que mide la velocidad durante la caída y el tiempo que tarda en quedarse inmóvil cuando impacta en el bloque. Un buen casco absorberá una parte suficiente del impacto con el fin de que la cabeza se ralentice antes del golpe.

Esto es muy importante porque el cerebro humano se halla suspendido en un fluido en el interior del cráneo. Cuando la cabeza recibe un impacto, el cerebro se desplaza de un lado a otro en dicho fluido y golpea la dura estructura ósea. Si el golpe es considerable, el tejido nervioso cerebral y los vasos sanguíneos pueden resultar seriamente dañados.

Construye un casco para un huevo

Realiza tu propio experimento con un casco, pero en lugar de usar una cabeza, coloca un huevo en su interior.

Material necesario
2 huevos
silla
sartén

1. Construye un casco para el huevo. ¿Qué características debería tener un buen casco para un huevo? Esto es precisamente lo que deberás averiguar. Podrías envolverlo en algodón o tal vez en papel de periódico. O en ambas cosas a un tiempo. Y ¿qué sucedería si ataras tu casco a un paracaídas casero? Como verás, las posibilidades sin interminables.

2. Súbete a una silla, sostén el huevo con casco lo más alto que puedas y déjalo caer en una sartén situada en el suelo.

3. ¡Haz una tortilla con los «no supervivientes»!

49

CIENCIA
Y DIVERSIÓN

PRECALENTAMIENTO

ECHA UN VISTAZO a cualquier campo de béisbol poco antes de un partido y podrás ver a unos cuantos jugadores que parecen estar jugando bajo una intensa niebla. Simulan el lanzamiento y el bateo de pelotas imaginarias.

Lo que en realidad están haciendo es una versión a cámara lenta de golpear y lanzar la pelota para que la sangre empiece a circular más deprisa hasta los músculos, lo cual les suministra oxígeno adicional y eleva su temperatura. Cuando están calientes, los músculos son más fuertes y resistentes. Un *pitcher* de béisbol que haya realizado un precalentamiento imprimirá una mayor velocidad a sus lanzamientos y alcanzará una mayor distancia, mientras que los esprinters y los corredores de maratón obtienen mejores tiempos.

Los ejercicios de estiramiento constituyen otra rutina de precalentamiento muy popular. Tocarse los dedos de los pies con flexión del tronco o las rotaciones de caderas, por ejemplo, distienden las partes elásticas del cuerpo –músculos, tendones y ligamentos– y reducen el riesgo de lesiones deportivas. Los jugadores de fútbol americano, sin ir más lejos, suelen ser unos verdaderos fanáticos de los estiramientos, y algunos receptores podrían rivalizar perfectamente con cualquier bailarina a la hora de ejecutar un spagat.

Por cierto, los atletas humanos no son los únicos que hacen precalentamiento. Si alguna vez has visto un caballo de carreras, tal vez hayas observado que los *jockeys* conducen lentamente a sus monturas alrededor de la pista para finalizar galopando poco antes de la salida. Los caballos son como las personas: rinden más en caliente que fríos.

Los mejores ejercicios para cualquier deporte determinado son aquellos que se basan en los movimientos del mismo. Sin embargo, existen muchos ejercicios de precalentamiento general que dan excelentes resultados en todas las disciplinas deportivas. Veamos algunos de los que puedes realizar antes de correr, patinar o saltar.

Mantén cada posición durante 15 segundos y siente el estiramiento de los músculos, aunque sin forzarlos para evitar el dolor.

Precalentamiento 1

Flexiona hacia delante y estira los brazos hasta tocar los dedos de los pies. Si te resulta más fácil alcanzarlos flexionando las rodillas, dóblalas un poco. Luego, cuando llegues a los dedos de los pies, enderézalas lentamente. ¡No rebotes!

Precalentamiento 2

Apoya una mano en la pared o en el respaldo de una silla, mientras sujetas la parte anterior del tobillo con la otra y flexionas la pierna hasta que el talón toque la nalga. Mantén la posición.

Precalentamiento 3

Flexionando lateralmente a la altura de la cintura, baja la mano tanto como puedas a lo largo de la pierna.

Precalentamiento 4

Éste es un buen ejercicio para hacer antes de correr. Desplaza el peso del cuerpo sobre un pie. A continuación, levanta el otro de tal modo que quede apoyado por su parte blanda, gira el tobillo en una dirección y luego en la otra. Haz lo mismo con el otro pie.

Precalentamiento misterioso

Veamos cómo hay que hacerlo: ponte en cuclillas, en la típica posición de la rana, coloca los codos en el interior de las rodillas y empújalas hacia fuera. ¿Para qué deporte está indicado? Si has dicho «baloncesto», ¡enhorabuena! En efecto, este ejercicio estira los músculos que necesitas para el desplazamiento lateral que realizan los jugadores de baloncesto.

DI «BÉISBOL»

LEE EN VOZ alta el título de esta página.

Esto es lo que tarda una pelota rápida en una gran liga en recorrer la distancia que separa la mano del *pitcher* de la posición del bateador: cuarenta y una centésimas de segundo. Rápido, ¿verdad?

Muchos entrenadores dicen que si quieres ser un atleta de elite, debes tener un tiempo de reacción rápido y ser capaz de iniciar el golpe con un bate, detener un *puck* o restar un servicio de tenis en un abrir y cerrar de ojos.

¿Cuál es la rapidez de tu tiempo de reacción?

Material necesario
amigo
regla

1. Sujeta un extremo de la regla de manera que el otro extremo quede suspendido entre el dedo pulgar y el dedo corazón de tu amigo, exactamente en la marca de «2,5 cm», pero sin tocar la regla.
2. Sin previo aviso, suelta la regla. Tu amigo debe cogerla entre los dos dedos.
3. Anota la marca en centímetros del lugar en el que tu amigo ha conseguido atrapar la regla. Ahora pruébalo tú.

Cuanto más baja sea la cifra en el punto donde cojas la regla, más rápido será tu tiempo de reacción, es decir, el tiempo que tardas en iniciar el movimiento.

¿Has sido el más veloz? ¿El más lento, quizá? Independientemente de cómo hayas quedado clasificado entre tus amigos, debes saber que en lo que concierne a la mayoría de los deportes, *esto no tiene la menor importancia.*

Para comprender por qué la velocidad de reacción no es, por sí sola, significativa, vuelve a realizar el experimento, pero esta vez hazlo tú solo. Sujeta la regla con una mano e intenta cogerla con la otra. ¿Cómo es posible que tu tiempo de reacción haya mejorado tanto en tan breves instantes?

La respuesta es que no ha mejorado. Es probable que iniciaras el movimiento a la misma velocidad que antes, pero en esta ocasión sabías cuándo iba a caer la regla. Tu capacidad de anticipación era más importante que la de empezar rápidamente el movimiento.

De igual modo, la mayoría de los buenos atletas no necesitan ser extremadamente rápidos en la salida de una carrera. En la mayoría de los casos, lo que realmente cuenta es la capacidad de predecir cómo se desarrollará la misma. El campeón de boxeo Muhammed Ali, famoso por su velocidad y su ritmo en un deporte en el que ambas cualidades son fundamentales, sólo tenía un tiempo de reacción regular, pero superaba ampliamente la media en cuanto a la comprensión de aquel deporte se refiere y de lo que probablemente harían sus oponentes.

Si eres un *short stop* en béisbol, por ejemplo, será imposible que seas capaz de reaccionar lo bastante rápido como para atrapar todas las bolas. Lo que tienes que hacer es anticipar dónde es probable que el bateador envíe la pelota, y cuando ésta realmente se encamine hacia allí y tú estés en situación de cogerla, parecerás un genio dotado de unos reflejos asombrosos.

Lo mismo ocurre en el squash. De entrada, da la sensación de ser un deporte que exige un tiempo de reacción rápido, pero lo cierto es que tanto los principiantes como los jugadores experimentados pueden tener el mismo tiempo de reacción. La diferencia reside en que los principiantes no tienen ni idea de dónde botará la bola y corren detrás de ella como locos, siempre de un lado a otro. Sin embargo, después de horas y horas en la pista, el jugador experimentado sabe exactamente dónde se producirá el bote.

Cuanto mayor sea tu capacidad para predecir lo que sucederá a continuación en un deporte, menos rápido necesitas ser. Si estás listo y esperando la pelota, o el *puck*, o el derechazo, el tiempo de reacción tiene muy poca importancia.

TODO ESTÁ EN LA MENTE

TE APETECE hacer un poco de gimnasia cerebral? Prueba con esto.

Material necesario
2 hojas de papel
bolígrafo
cronómetro o reloj con segundera

1. Confecciona una lista de veinte palabras de tres letras, tales como mar, gol, col, sal, ser, etc.
2. Confecciona una segunda lista utilizando las mismas palabras pero con las letras desordenadas, de manera que mar se transforme en ram, col en loc, gol en glo, etc.
3. Pide a un amigo que lea en voz alta la primera lista y cronometra el tiempo que tarda en hacerlo.
4. Pídele ahora que lea en voz alta la segunda lista y cronometra de nuevo el tiempo que tarda. ¿Qué lista ha leído más rápido?

¿Por qué?
Se responde con mayor rapidez a las pautas familiares.

Y ¿adónde nos conduce todo esto?

Para empezar, podría estar estrechamente relacionado con el hecho de ser un experto jugador de hockey sobre hielo, como Wayne Gretzky, o un gran maestro del ajedrez, o un extraordinario *short stop* de béisbol. Todos ellos han aprendido a reconocer las pautas en sus respectivos deportes.

Para convertirse en un gran jugador de hockey, hay que hacer dos cosas. Primera, poner a punto las técnicas físicas (patinar, manejar el *puck*, etc.). Y segunda, comprender que el aprendizaje del hockey es exactamente igual que el aprendizaje de la lectura.

¿Recuerdas el día en que cogiste tu primer libro? Lo abriste, y allí, asombrado, descubriste un amasijo de garabatos sin sentido. Pero con la práctica, no tardaste en advertir que aquellos garabatos formaban letras y que las letras entrelazadas formaban palabras. El «sin sentido» se convirtió en «sentido».

Lo mismo ocurre cuando asistes como espectador a tu primer partido de hockey sobre hielo. Todo lo que ves es una pléyade de jugadores dispersos por el hielo, como letras revueltas en una página. Pero a medida que te vas fijando más y más, captas con mayor claridad cómo trabajan juntos como

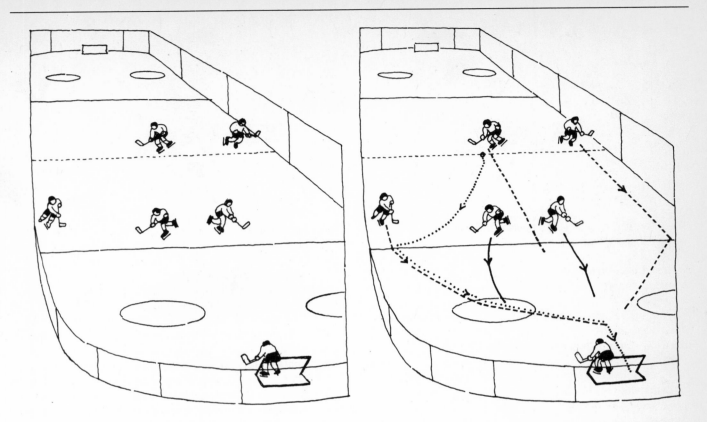

un equipo. Cada cual desde sus sucesivas posiciones, se pasan el *puck* de uno al otro, y luego a otro y otro más, como si se tratara de letras reordenándose a sí mismas para formar palabras diferentes.

Un equipo de hockey se puede colocar en centenares de posiciones en el transcurso de un partido, y al igual que se requiere mucho tiempo para acumular un buen vocabulario de palabras, también se tarda mucho tiempo en reconocer todas las posiciones en el hockey. Aun así, una vez aprendidas, siempre se sabe lo que conviene hacer en cada situación (cuándo hay que pasar el *puck*, cuándo hay que marcar a un rival, etc.). Incluso se empieza a anticipar lo que sucederá a continuación. Se suele decir que Gretzky sabe dónde estará el *puck* tres segundos antes de que llegue hasta allí.

Los científicos estiman que se necesitan 10.000 horas de práctica para identificar todas las posiciones que los jugado-

res pueden adoptar en el hielo. Sí, es cierto, la práctica hace la perfección. Los jugadores expertos se hacen, no nacen.

El fútbol, el baloncesto, el fútbol americano, el ajedrez, todos ellos son como el hockey; los jugadores deben aprender a reconocer las posiciones del juego. No obstante, existen otros deportes en los que las posiciones tienen una menor importancia.

En voleibol, por ejemplo, se adquiere la capacidad de rastrear y detectar la posición de la pelota. Los jugadores expertos de voleibol no miran tanto a los demás jugadores como a la pelota, que puede volar a velocidades de hasta 145 km/h. Una vez más, esta habilidad de rastreo requiere miles de horas de práctica.

Tanto si se trata de hockey, de voleibol o de fútbol, debes comprender que cada deporte exige el uso del cerebro además del cuerpo.

JUGAR SIN MIRAR

 QUÉ TIPO de juego podrías jugar con los ojos cerrados? ¿Qué te parece éste?

Material necesario
pelota de espuma
cascabeles
hilo y aguja, o imperdible, o cinta adhesiva, o pegamento
uno o más amigos
pañuelos o tiras de tela para vendar los ojos

1. Cose, sujeta con un imperdible, pega con cinta adhesiva o pegamento los cascabeles a la pelota de espuma.
2. Cierra los ojos y di a tus amigos que hagan lo mismo, o vendaos los ojos.
3. Haz rodar la bola hacia un amigo y dile que te la devuelva. Escucha los cascabeles con atención.
4. Si sois varios, formad un círculo.

Si te parece todo un reto localizar y atrapar una pelota orientándote única y exclusivamente con los oídos, imagina lo que sería jugar a un deporte de equipo con los ojos cerrados.

En realidad, tal deporte existe. Se llama *goal ball* y lo practican personas con escasa o nula visión. Al igual que tú, llevan los ojos vendados para que todos tengan las mismas oportunidades. Se juega con tres jugadores por equipo, los cuales se turnan para intentar introducir una pelota tintineante del tamaño de las de baloncesto en la portería contraria. Pueden utilizar todas las partes de su cuerpo para defender su marco, realizando incluso espectaculares saltos para evitar que se cuele el balón.

Como ya habrás adivinado, requiere concentración y silencio para escuchar el cascabeleo. De ahí que en el *goal ball*, el público permanezca en silencio, aplaudiendo solamente cuando se produce una pausa en el juego.

Si crees que es difícil jugar a la pelota sin poder ver, ¿qué opinas de hacer una carrera? No sólo debes concentrarte en moverte con rapidez, sino también en hacerlo sin chocar con nada. Una solución consiste en correr sujetando una soga que, a su vez, sujeta una persona que puede ver y que te guía. Sin embargo, al aferrarte de una cuerda, no puedes utilizar los dos brazos para correr, y los brazos son importantes para el equilibrio. Por lo demás, eres tú quien se amolda al ritmo de la persona que puede ver, pues va delante.

La otra solución consiste en correr por delante de una persona que puede ver y que te va orientando con golpecitos en las caderas o en la cara interior del codo. De este modo, tienes el cuerpo libre para correr y puedes avanzar a tu propio ritmo.

El salto de longitud es un deporte en el que un atleta invidente tiene que correr sin ningún guía físico. La única diferencia respecto a la misma disciplina pero para los atletas no discapacitados reside en que el área de despegue no está marcada mediante una tabla, sino que tiene 1 m de longitud. Está cubierta de polvos de talco y el salto se mide desde la última huella que ha dejado el atleta, el cual inicia el salto en el área de despegue y luego camina hacia atrás, hasta el punto de salida, a lo largo del callejón, contando los pasos. El atleta debe correr solo por el callejón de saltos y despegar sin que nadie pueda darle indicaciones. Algunos corredores invidentes utilizan voceadores, es decir, individuos que se sitúan en el extremo opuesto del callejón y que gritan un sonido repetitivo que el saltador puede usar a modo de orientación, aunque les está prohibido decir al atleta cuándo tiene que saltar.

Tour con guía

Material necesario
amigo
venda para los ojos
algunas hojas de papel
área despejada y con hierba

1. Traza un recorrido echando hojas de papel en el suelo (¡acuérdate de recogerlas cuando hayas terminado!)
2. Véndate los ojos.
3. Sigue el recorrido con un amigo caminando detrás de ti. Puede darte golpecitos en las caderas o los codos para guiarte. ¿Con qué rapidez eres capaz de andar?

Correr a ciegas

¿Hasta qué punto es difícil correr en línea recta sin mirar y sin nadie que te oriente?

Material necesario
callejón de salto de longitud (encontrarás uno en el campo de atletismo de tu instituto)
2 amigos
venda para los ojos

1. Sitúa a un amigo a cada lado de la pista para que te indiquen cuándo tienes que detenerte o para cogerte si te caes durante la carrera.
2. Colócate en la línea de salida y véndate los ojos.
3. Corre hasta la tabla de despegue.

¿Cuánto has tardado en desviarte del callejón? ¿En qué dirección? ¿Qué mano sueles usar? Como habrás observado, tiendes a desviarte hacia ese lado.

RESISTENCIA DEL AIRE

CREES QUE los deportes son un «plomo» por lo pesada que resulta su práctica? Si es así, estás en lo cierto. Esa «pesadez» es la resistencia que sientes al patinar, esquiar, montar en bicicleta o correr. La resistencia al avance se produce cuando algo se mueve a través del aire o del agua. Así pues, la resistencia al avance se opone al movimiento.

Esquiadores-huevo

Los esquiadores de descenso no pretenden simular que son pollos cuando se agachan con el pecho pegado a las rodillas, sino que simplemente adoptan la posición del «huevo», que se desarrolló después de haber experimentado con algunos practicantes de esta disciplina deportiva en un túnel de viento y de haberles sugerido la adopción de diferentes posiciones mientras los científicos medían la resistencia del aire.

Estos tests demostraron que el «huevo» es la forma ideal para las carreras de descenso. Asimismo, descubrieron que las hebillas de las botas de los esquiadores pueden añadir 0,3 segundos a cada minuto de tiempo de un corredor, ¡pues aumentan la resistencia al avance! Y este 0,3 es una cifra muy considerable teniendo en cuenta que las victorias en esquí se miden en centésimas de segundo.

Patinadores de velocidad

Los patinadores de velocidad se han dado cuenta de que flexionarse hacia delante con sólo la cabeza y los hombros encarados al viento reduce la superficie sobre la que incide, y es la mejor manera de frenar la resistencia al avance. (El brazo que se balancea adelante y atrás mantiene en equilibrio al patinador.)

Prendas que combaten la resistencia al avance

La mayoría de las prendas deportivas no fomentan la resistencia al avance. Cuanto más suave es el material, menor es la resistencia. Piensa en los trajes brillantes y ceñidos que llevan los patinadores de velocidad. Lo mismo se aplica a los deportes acuáticos. Los nadadores de competición incluso se rasuran el cuerpo para que su piel sea más suave y reducir así la resistencia al avance.

Por otro lado, también se pueden extralimitar los medios disponibles a la hora de combatir la resistencia del aire. No hace mucho, un diseñador de prendas de esquí confeccionó un tejido plástico tan suave que los esquiadores que se caían eran incapaces de evitar seguir deslizándose por la pendiente. La «piel» de plástico era tan resbaladiza que se no producía la suficiente fricción entre el plástico y la nieve como para frenar la caída del pobre desdichado.

La resistencia al avance es un obstáculo en muchos deportes, y cuanto más rápido es dicho deporte, mayor es el grado de resistencia. Si aumentas diez veces tu velocidad, ¡la resistencia del aire se puede incrementar cien veces! Probablemente se te ocurrirán innumerables deportes en los que es importante superar la resistencia al avance, como en el caso de las carreras de caballos, donde los jockeys se acurrucan sobre el animal en su propia versión de la posición del huevo, o en el del automovilismo y motociclismo.

Pero ¿podrías pensar en un deporte en el que los competidores consideraran una bendición la resistencia del aire?

¡Ajajá! El paracaidismo. Si saltaras en paracaídas, desearías ralentizar al máximo el ritmo con el que te desplazas a través del aire. Sin un paracaídas a tu espalda para desplegar y proporcionarte una parte de esa ansiada resistencia al avance, tu encuentro con el suelo resultaría sin duda alguna fatídico.

Si tienes una bicicleta, puedes experimentar los efectos de la resistencia del aire.

Material necesario
bicicleta
colina alejada del tránsito
cronómetro o reloj con segundera

1. Monta en la bici y déjate caer por la pendiente, sentado en posición erguida y la espalda recta, como si condujeras un coche. Cronométrate el tiempo que tardas en llegar al pie de la cuesta y anótalo.

2. Repítelo de nuevo, pero esta vez adopta la posición del huevo. Vuelve a cronometrar el tiempo y compara los resultados. ¿Has apreciado alguna diferencia? ¿Por qué?

Si no tienes bicicleta

Material necesario
cuchara
cubo lleno de agua
harina tamizada

1. Espolvorea la harina tamizada sobre el agua hasta que forme una capa fina y uniforme.
2. Remueve la superficie del agua con la parte ahuecada de la cuchara. ¿Sientes la resistencia en el mango? En efecto, se trata de la resistencia al avance. Los diseños de las turbulencias que ves en el agua están causados por la energía que utilizas para contrarrestarla.

61

¡MENUDO «REBUFO»!

IMAGINA lo que sería pedalear con tu bicicleta diez veces más rápido de lo normal, tanto como un *dragster*, es decir, un coche trucado para cubrir distancias cortas a gran velocidad. Pues bien, hace un par de años hubo una *bicicleta* que consiguió alcanzar esta velocidad en la pista del circuito de Bonneville, en el noroeste de Utah.

Para empezar, se ató la bicicleta a un potente automóvil, el cual llevaba un enorme parabrisas rectangular sujeto al parachoques trasero, que formaba un muro entre el coche y la bici. Cuando aquél alcanzó los 100 km/h, se cortó la cadena que arrastraba la bicicleta, dejando libre al ciclista para pedalear. En lugar de perder velocidad, continuó acelerando hacia el automóvil, alcanzando la increíble velocidad punta de 226 km/h.

¿Cómo pudo ir tan deprisa? Aprovechando el efecto bloqueador del viento que ejercía el coche y que los ciclistas denominan *rebufo*. Detrás del gran parabrisas era como si la bicicleta se desplazara a través de un agujero en el aire.

Material necesario

rollo de cartón de papel higiénico
hoja grande de papel de aluminio o fuente para el horno
cerillas (¡y permiso para utilizarlas!)
2 velas domésticas
cinta adhesiva

Creación de un rebufo

1. Enciende las velas y usa un poco de cera fundida para pegarlas en la hoja de papel de aluminio o en la fuente para el horno a 10 cm de distancia la una de la otra. Coloca el cilindro de papel higiénico sobre el papel de aluminio, en posición vertical, a unos 2 cm más delante de las velas, y sujétalo con cinta adhesiva.
2. Desplaza el papel de aluminio de tal modo que el cilindro de cartón vaya delante y observa las dos llamas. ¿En qué dirección se mueven?

A medida que el cilindro de cartón se desplaza a través del aire, lo empuja hacia los lados, creando un área de baja presión justo detrás de él. El aire procedente de fuera de esta área penetra en la zona de baja presión, empujando hacia delante la llama más próxima al cilindro de papel higiénico, que está sometida a un rebufo.

Imagina que el cilindro es el ciclista que encabeza el pelotón en una carrera y te harás una idea de por qué los ciclistas profesionales se colocan alineados, uno detrás de otro, durante la competición. También ellos están «rebufeando».

A nivel del suelo, contrarrestar la resistencia del aire consume aproximadamente el 80% de la energía de un ciclista de carreras, mientras que colocándose detrás de otra bicicleta, lo más cerca posible, invierte mucha menos energía para desplazar el aire que tiene enfrente. Aun así, si bien es cierto que ir a rebufo ahorra energía, crearlo requiere muchísima energía. De ahí que los miembros de los equipos ciclistas se turnen constantemente en la posición de líder.

Cortando el viento

Material necesario
el mismo equipo que antes
una hoja de papel

1. En una hoja de papel recorta un rectángulo de la misma altura que el cilindro de cartón de papel higiénico, lo bastante largo como para envolverlo y dejar 2 cm sobrantes a cada lado. Dóblalo en forma de lágrima y pega los extremos con cinta adhesiva. Coloca el cilindro en su interior y encara el extremo agudo hacia la vela.

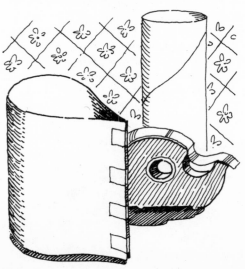

2. Vuelve a desplazar la hoja de papel de aluminio y fíjate en las llamas. ¿Se han comportado de una forma diferente esta vez?

La forma de lágrima del papel permite al aire fluir alrededor del cilindro con una menor resistencia, facilitando su desplazamiento a través del mismo. Esto elimina el rebufo. Si montaras en una bicicleta detrás del líder en una bici de carreras, ¿preferirías seguir a alguien en forma de cilindro de papel higiénico o de estilizada lágrima?

Cuidado con el rebufo

La técnica del rebufo no es algo que debas experimentar por ti mismo. Es difícil de aprender y requiere un entrenamiento adecuado, ya que puede resultar peligrosa. A menudo, este seguimiento muy de cerca es la causa de las desastrosas caídas masivas de corredores en las carreras ciclistas.

El rebufo no es sólo una forma de reducir la resistencia del viento en una bicicleta. También se pueden recubrir los radios de las ruedas, como ocurre en las mejores carreras. Los radios recubiertos, o ruedas sólidas, generan una menor turbulencia en el aire, haciendo más aerodinámica la bicicleta.

Asimismo, también podrías zanjar de un plumazo toda la temática relativa a la resistencia del aire, simplemente tumbándote, sobre todo si vas detrás de la rueda de una bicicleta «recostada», que parece una estilizada nave espacial, ya que va recubierta de un casco de plástico o fibra de vidrio muy ligero. Este tipo de bicicletas se montan en posición reclinada, como si estuvieras subido a un trineo.

PROGRAMA DE PÉRDIDA DE PESO INSTANTÁNEA PARA EL ESQUIADOR

TE GUSTARÍA perder un poco de peso en un santiamén?

Material necesario
báscula de baño

1. Súbete a la báscula, ponte en posición erguida y anota tu peso.
2. Ahora flexiona un poco las rodillas y fíjate en el dial de la báscula. ¿Qué ha ocurrido con tu peso?

Lo que has hecho en el cuarto de baño es **«despesarte»**. El «despeso» es una técnica que utilizan los esquiadores para girar. Requiere flexionar las rodillas antes de efectuar el giro. De este modo, se desplaza el peso corporal fuera de los esquís durante un breve instante, haciendo más fácil que éstos giren en una nueva dirección.

¿Por qué se pierde peso tan de repente? Cuando flexionas bruscamente las rodillas, pierdes el apoyo del tronco en las piernas, dejándolo caer en el espacio, con los pies presionando en los esquís (o báscula de baño). Y si eres lo bastante rápido, incluso puede disiparse el peso de los pies.

El despeso apenas dura ese segundo en el que el cuerpo «cae» a través del aire. Cuando dejas de flexionar las rodillas, la fuerza del cuerpo impactando en los esquís es tan extraordinaria que «ganas» bruscamente una enorme cantidad de peso adicional, como si de pronto hubieras engordado una barbaridad, aunque también durante un brevísimo lapso de tiempo.

Aun en el caso de que nunca hayas esquiado, es probable que el despeso te resulte familiar, a pesar de no haberlo reconocido como tal. ¿Te acuerdas de la última vez que caminabas con los pies descalzos y pisaste un objeto puntiagudo? ¿Cuál fue tu reacción inmediata? Flexionar la rodilla, dejar caer las caderas y desplazar rápidamente el peso corporal hacia el otro pie. De este modo, conseguiste reducir la fuerza con la que presionabas el objeto. En otras palabras, despesaste el pie.

GIRA, GIRA, GIRA

CUÁL de estos dos patinadores crees que giraría más deprisa?

Si el mero hecho de pensarlo te causa mareo, dibuja o calca las figuras en una cartulina y recórtalas. Luego, clava un alfiler en cada circulito (véase ilustración superior) e intenta hacerlas girar, dándoles la misma cantidad de «impulso» a cada una de ellas. ¿Aprecias la diferencia? ¿Cuesta más hacer girar una que otra? Tal vez resulte difícil de averiguar con este experimento, pero en la vida real, el patinador que está dando vueltas en posición de sentado giraría mucho más deprisa y con mayor facilidad que el que tiene los brazos estirados.

¿Qué ocurriría si un patinador cambiara de posición durante el giro? Si tienes un taburete o una silla giratoria, lo puedes descubrir.

1. Siéntate en el taburete o la silla con los brazos estirados a los lados.
2. Impúlsate para girar o, mejor aún, pide a alguien que lo haga por ti.
3. Mientras estás dando vueltas, dobla los brazos sobre el pecho.

¿Por qué tanto tú como los dos patinadores del experimento anterior giráis más lentamente cuando estáis con los brazos estirados que cuando los tenéis pegados al cuerpo?

Cualquier objeto en rotación tiene una inercia angular, es decir, una propiedad especial derivada de la masa, radio (hasta dónde se extiende desde el centro de rotación) y ritmo de giro del objeto.

Una de las razones por las que la inercia angular es tan especial consiste en que es invariable. Esto significa que si incrementas el radio mientras giras (estirando los brazos), tu ritmo de giro o tu masa tiene que reducirse para mantener la misma inercia angular. Y dado que no es probable que vayas a perder ni un gramo de tu masa (¡a menos que te sometas a una dieta mágica durante la rotación!), el ritmo de giro se ralentizará. Asimismo, si reduces tu radio ajustando los brazos al cuerpo, el ritmo de giro volverá a acelerarse.

RUEDAS

QUÉ son más rápidos, los brazos o las piernas? Quizá te parezca una pregunta divertida. Después de todo, ¿quién corre con los brazos?

Los atletas que compiten con sillas de ruedas.

Pero ¿es posible que los corredores discapacitados puedan empujar tan deprisa la silla como los atletas no discapacitados dar zancadas? ¡Puedes apostar a que sí! En un maratón disputado entre dos atletas de primera línea, uno con silla de ruedas y el otro en perfectas condiciones físicas, el primero no sólo ganó la prueba, sino que también tuvo tiempo para ducharse y tomar un refresco antes de que su oponente cruzara la meta.

Las marchas

Todo el mundo sabe que las bicicletas tienen marchas, pero lo que mucha gente desconoce es que una silla de ruedas también tiene «marchas».

En una bicicleta, se cambia de marcha accionando una palanca para que la cadena pase a un piñón de mayor o menor tamaño, según convenga, mientras que en una silla de ruedas, se efectúa pasando las manos del aro de la rueda exterior al de la rueda interior, lo cual produce el mismo resultado que en la bicicleta. Accionando el aro interior, más pequeño, te proporciona más potencia de empuje: la rueda cubre una mayor distancia comparado con el desplazamiento que debe realizar la mano, aunque se requiere un mayor esfuerzo para moverla. Si empujas el aro pequeño mientras estás en movimiento, ganas velocidad, pero es muy difícil usar este método en la línea de salida, cuando la silla está en reposo. Por otro lado, accionando el aro exterior y más grande, resulta más fácil mover la rueda, aunque la mano debe desplazarse muchísimo más comparado con la distancia que cubre la rueda. Así pues, el aro exterior es la mejor «marcha de salida».

Lanzando a canasta desde las caderas

Cuando un jugador de baloncesto no discapacitado lanza una pelota a canasta, utiliza todo el cuerpo para impulsarse. Sin embargo, es posible que un jugador en silla de ruedas sólo tenga control muscular de los brazos y los hombros, lo cual complica mucho más la técnica y la habilidad necesarias para encestar la pelota.

Material necesario

silla de cocina
pelota de baloncesto
canasta de baloncesto (o elige un punto en una pared exterior de
    la casa que tenga aproximadamente la altura de una canasta)

1. Coloca la silla encarada a la canasta.
2. Manteniendo el cuerpo en contacto con el suelo, intenta
   encestar la pelota.
   ¿Has utilizado músculos diferentes de los que usarías si
   lanzaras a canasta desde la posición de pie?

EL MUNDO DE LOS DEPORTES

CUÁL es tu deporte favorito? ¿Lanzamiento del tronco? ¿«Octopush»? ¿«Sepak takraw»?

¿Cómo? ¿Qué nunca has oído hablar de ellos? Pues no sabes lo que te pierdes.

Lanzamiento del tronco

Bueno, bueno, bueno..., y ¿en qué consiste eso del tronco? En las Tierras Altas de Escocia el tronco tiene un aspecto parecido al de un poste del teléfono, exceptuando que no está sujeto al suelo. Se trata de un tronco de árbol alisado y estrechado que una serie de mocetones ataviados con la típica falda escocesa (*kilt*) levantan durante sus Heeland Games que se celebran cada año.

Los participantes forman una plataforma con las manos y sostienen el extremo más estrecho del tronco, apoyándolo en el hombro. Luego, toman carrerilla y arrojan el poste al aire, intentando conseguir un lanzamiento perfecto, es decir, que caiga de cabeza y se desplome en el suelo con la base en el extremo opuesto de la posición que ocupa el competidor. Lo que cuenta no es la distancia a la que se lanza el tronco, sino la precisión del lanzamiento.

Octopush

Contrariamente a lo que se podría esperar, el octopush no es un combate a empujones con un pulpo (en inglés, *octopus*). Este deporte fue introducido en Sudáfrica en la década de 1960 y es una versión del clásico hockey sobre hielo que se juega debajo del agua. Los jugadores llevan un traje de neopreno de los que se usan para la práctica del submarinismo, se lanzan a una piscina y, con un stick en miniatura y un *puck* de hockey sobre hielo, juegan ciñéndose a las reglas normales de este deporte en el fondo de la piscina.

Como es natural, el hockey de verdad siempre se juega sobre hielo. De ahí que la versión canadiense del octopush se practique debajo de la superficie de los lagos y estanques helados. Los jugadores van equipados con un traje completo de inmersión y se zambullen en las gélidas aguas a través de un agujero en el hielo. De pie, cabeza abajo, con las aletas apoyadas en el hielo, juegan al hockey con sticks y una pelota de playa hinchada.

En cualquier caso, el octopush canadiense sigue estando considerado como una rareza y lo practica muy poca gente, aunque quién sabe, ¡todos los deportes populares fueron, en su día, inusuales y contaron con escasos entusiastas!

Sepak Takraw

A los americanos les vuelve locos el béisbol, a los canadienses el hockey, a los argentinos el fútbol y a los malayos el sepak takraw.

Se trata de un deporte parecido y no parecido al voleibol. Se parece a él en que dos equipos compiten entre sí, separados por una red, sin que la pelota pueda tocar el suelo, y no se parece al mismo en que la pelota es más pequeña y la cinta de la red está situada a la altura del hombro. La pelota de takraw es de ratán tejido, hueca por dentro y del tamaño aproximado de una bola de softball, una especie de béisbol que se juega con una pelota blanda.

Takraw de equipo

Material necesario

pelota de takraw, pero si no encuentras ninguna, puedes improvisarla. Una pelota de takraw mide 40 cm de circunferencia y pesa 200 g. Así pues, una bola de papel de periódico puede dar buenos resultados. También podrías probar con una bola hueca de plástico o de espuma de similares dimensiones grupo de jugadores

El objetivo del takraw de equipo consiste en comprobar

Pero la verdadera diferencia entre el voleibol y el sepak takraw –y el auténtico reto que plantea este deporte– es que no se puede golpear la pelota con las manos. Vale todo lo demás: pies, rodillas, cabeza, hombros, codos, etc., ¡pero nunca las manos! Se suele decir que conseguir que se mantenga en el aire requiere la velocidad del badminton, la destreza del fútbol americano y el trabajo en equipo del voleibol.

El sepak takraw tiene muchas reglas, aunque si lo deseas, puedes probar con una versión menos complicada del juego, llamada takraw de equipo, que casi siempre se practica a modo de ejercicio de entrenamiento.

cuántas veces, y de cuántas formas diferentes, un grupo de jugadores es capaz de mantener en el aire la pelota sin que toque el suelo. El juego es muchísimo más divertido si se intentan golpes difíciles. El más fácil es un simple chut, mientras que los toques con las rodillas, codos, cabeza u hombros son más complejos. Intenta el clásico golpe de takraw: chutar la pelota saltando con los dos pies juntos por detrás de la espalda. ¡Recuerda que en este deporte no está permitido tocarla con las manos!

Se dice que un legendario jugador llamado Daeng podía efectuar un número infinito de toques, aunque su hazaña más espectacular consistía en colocarse de cuatro patas y luego impulsarse rebotando en el suelo para golpear la pelota con las nalgas a cada elevación. ¿Te atreverías a intentar un toque «Daeng»?

PREGÚNTASELO AL DOCTOR FRANK

BUENAS NOCHES, oyentes de radiolandia, y bienvenidos de nuevo a *El Deporte de la Alimentación*. Soy el doctor Frank Furter, y cada semana a esta misma hora respondo a vuestras preguntas acerca de la alimentación y la salud. Esta noche mi lema es «Deportes y buena nutrición», y ya estoy viendo cómo las líneas telefónicas están que arden. Así pues, permitidme que salude a mi primer oyente. ¡Hola! ¡Estás en el aire!

¿Qué tal, doctor Frank? Me llamo Charlene y me gustaría saber si puedo conseguir energía extra comiendo una barrita de chocolate antes de una carrera.

Mira Charlene, debes pensar en tu cuerpo como si se tratara del motor de un automóvil. Hay que suministrarle combustible con regularidad o dejará de funcionar. La «gasolina» que echas en el «depósito» procede principalmente de los alimentos ricos en hidratos de carbono (los almidones o azúcares que se encuentran en el pan, la fruta y las verduras, la pasta, el arroz y las patatas).

En el interior de tu sistema digestivo, los hidratos de carbono se descomponen en glucosa, que es un azúcar simple que luego se transporta hasta los músculos para alimentar sus contracciones.

Haz una prueba, Charlene. Métete un cracker sin sal en la boca y mastícalo durante un minuto, poco más o menos. ¿Notas algún cambio en su sabor? La papilla de cracker debería estar un poco más dulce, ya que la saliva ha empezado a descomponer los hidratos de carbono de la galleta y a transformarlos en azúcar.

El chocolate contiene mucho azúcar, de manera que podrías pensar que una barrita antes de la carrera te proporcionará un estallido de energía. Pero ocurre todo lo contrario. Las dosis elevadas de azúcar estimulan al organismo a eliminar la glucosa de la sangre. Por consiguiente, comiendo una barrita de chocolate o cualquier otro dulce antes de practicar un deporte estás echando a perder la glucosa de los músculos en el momento en que más la necesitas.

Siguiente llamada, por favor.

Hola, doctor Frank. Soy Bubba. Los muchachos del centro de fitness dicen que tengo que ponerme morado de proteínas si quiero desarrollar una poderosa musculatura. ¿Están en lo cierto?

Verás, podría decir que es una solemne tontería, pero la verdad es que las proteínas constituyen la piedra angular del tejido muscular. Sin embargo, la cantidad de proteínas que necesitas para desarrollar tu musculatura no es ni mucho menos elevada, aun en el caso de que te entrenes varias veces por semana.

Por desgracia, muchos atletas creen que pueden conseguir unos músculos muy voluminosos dándose auténticos atracones de proteínas. De ahí que ingieran muchísimos alimentos ricos en esta sustancia, tales como la carne, la leche y el pescado, llegando incluso a consumir caras bebidas y complementos elaborados a base de proteínas.

Lo cierto, Bubba, es que una dieta bien equilibrada te proporcionará todas las proteínas que necesitas.

Pasemos a la siguiente pregunta.

Doctor Frank, me llamo Julio y juego a baloncesto con el equipo del instituto. Mi problema es que mi madre siempre me prepara un par de hamburguesas y un plato de patatas fritas antes de salir de casa para disputar un partido. ¿Es aconsejable jugar con el estómago tan lleno?

Muchos atletas se zampan un auténtico festín de carne y patatas poco antes de un partido o una carrera, cuando en realidad estarían mejor sin él. Un estómago lleno interfiere en la respiración. Además, los músculos estomacales necesitan sangre extra para encargarse de la digestión, desviando así una parte de la sangre procedente de los músculos que utilizas para jugar a baloncesto.

Las hamburguesas y las chuletas, en particular, constituyen un pésimo preámbulo de una competición deportiva. Al ser ricos en proteínas y grasas, tardan mucho tiempo en digerirse. Dile a tu madre que debes evitar la ingestión de alimentos durante una hora antes de un partido.

Vamos con la próxima llamada.

Doctor Frank, soy Totie y me estoy entrenando para convertirme en una patinadora de competición en la modalidad de figuras, de manera que me gustaría estar lo más delgada posible. Lo que quiero saber es si podría prescindir de los alimentos grasos.

Si lo hicieras, Totie, estarías patinando sobre una finísima capa de hielo. Las grasas constituyen una parte absolutamente esencial de una dieta completa y se encuentran en alimentos tales como la leche, el queso, las nueces y la carne. Sin grasas en la dieta, los intestinos no pueden absorber determinadas vitaminas (A, D, E y K).

Los alimentos ricos en grasas también aportan energía. Los hidratos de carbono son la fuente principal de energía en tu dieta, pero las grasas también actúan a modo de combustible, sobre todo en los deportes de larga distancia y resistencia. Por lo tanto, si bien no deberías consumir demasiadas grasas, tampoco debes erradicarlas por completo.

Si quieres comprobar por ti misma hasta qué punto las grasas aportan energía, te enviaré un experimento que puedes hacer en casa. Gracias por llamar.

Bueno, radioyentes, me temo que hemos agotado el tiempo del que disponíamos esta noche. Os ruego que nos sintonicéis de nuevo la semana próxima. *El Deporte de la Alimentación* dará respuesta a la pregunta siguiente: «¿Contribuye a curar los sarpullidos comer verduras rojas?».

El experimento sobre las grasas de Totie

Material necesario
nuez del Brasil lacada
3 alfileres
cerilla
bandeja de asar o fuente para tartas

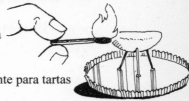

1. Pide permiso para utilizar la cerilla.
2. Pon la bandeja o la fuente en el fregadero.
3. Clava los alfileres en la nuez para construir un trípode, tal y como se observa en la ilustración, y colócala en la bandeja.
4. Enciende la cerilla y mantén la llama junto a la nuez hasta que prenda. ¿Cuánto tiempo ha estado ardiendo? ¿Por qué ha ardido durante mucho más tiempo del que imaginabas?

Las grasas contenidas en la nuez proporcionan el combustible para que arda, al igual que se lo proporcionarían a tus músculos.

Títulos publicados: